Joh. Dosch

Deutschlands Flachs und Hanf-Bau

Anatiposi

Joh. Dosch

Deutschlands Flachs und Hanf-Bau

Unveränderter Nachdruck der Originalausgabe von 1850.

1. Auflage 2023 | ISBN: 978-3-38240-182-5

Anatiposi Verlag ist ein Imprint der Outlook Verlagsgesellschaft mbH.

Verlag: Outlook Verlag GmbH, Zeilweg 44, 60439 Frankfurt, Deutschland
Vertretungsberechtigt: E. Roepke, Zeilweg 44, 60439 Frankfurt, Deutschland
Druck: Books on Demand GmbH, In de Tarpen 42, 22848 Norderstedt, Deutschland

Deutschlands

Flachs und Hanf- Bau

wie er ist, sein könnte und sollte

von

Dr. Joh. Dosch.

Mit einer Tafel Abbildungen.

Freiburg.
Druck der Adolph Emmerling'schen Buchdruckerei.
1850.

SEINEM LEHRER

HERRN

DR KARL HEINRICH RAU,

GROSS. BAD. GEHEIMEN RATH UND PROFESSOR

AN DER

UNIVERSITÄT ZU HEIDELBERG,

IN VEREHRUNG UND HOCHACHTUNG

GEWIDMET

VOM

VERFASSER.

Einleitung.

So grosse Fortschritte seit einem halben Jahrhundert die Landwirthschaft in ihrer allseitigen Entwicklung und Vervollkommnung gemacht hat, und in unseren Tagen noch macht; wie sehr man auch, hauptsächlich in Deutschland, die Aufgabe sich gestellt, unermüdlich für die immer noch weitere Ausbildung dieses Gewerbszweiges besorgt zu sein; indem Vereine ins Leben treten, die solche Aufgabe zu lösen sich zum Zwecke setzen; ferner, indem man von Seiten des Staates und grösserer Gutsbesitzer durch Selbsthandanlegung, eigenes Anstellen von Versuchen, dahin zu trachten sucht, mehr Wahrheit für die Sache zu gewinnen, den Eifer der Nachahmung zu wecken und zu stärken, (z. B. durch Anlagen von Musterwirthschaften, durch möglichst vollkommene Erziehung aller derjenigen Pflanzengattungen, die landwirthschaftliches Interesse besitzen); obschon auch über diesen Gegenstand eine Masse von Büchern geschrieben und in die Welt hinaus geschickt wurde, welche in dem Anbau landwirthschaftlicher Gewächse zum Theil praktische, zum Theil aber nur theoretische Anweisung geben: so finden sich unter dieser Masse nur äusserst wenige, welche eine ausführliche und specielle Behandlungsweise der Gespinnstpflanzen mit Rücksicht auf die örtlichen und klimatischen Verhältnisse unseres deutschen Vaterlandes darstellen; und ist dies auch geschehen, so findet man dessen ungeachtet noch wenig in dieser Hinsicht gethan.

Besonders steht der Flachsbau in Deutschland noch am meisten in seiner Vollkommenheit hinter andern Ländern, besonders hinter Belgien zurück..

Den Verhältnissen über den Anbau dieser Kulturpflanze, hat man erst in unseren Tagen angefangen eine nähere Betrachtung zu widmen, zumal da die allenthalben hörbaren Wehklagen über den Verfall unserer Leinenindustrie, die Schuld der Producktion eines schlechten Rohmaterials in Deutschland zuschieben. Es sind diese Verhältnisse auch in der That äuserst wichtig, zumal da die Kultur dieser Pflanze, so wie deren weitere technische Verarbeitung einer unserer ältesten und bedeutungsvollsten Industriezweige ist.

Blickt man nach Belgien hin, so muss man erstaunen, wie intensiv nicht allein die Flachskultur, sondern der gesammte landwirthchaftliche Betrieb dieses Landes ist. Mit unermüdlichem Fleisse und Eifer geht der belgische Bauer, sein Feld zu bestellen, in genau abgemessener Zeit lässt er demselben die erforderliche Pflege zu

Theil werden, und freut sich, dann seinen sorgfältigen Fleiss durch reichliche Ernte auch belohnt zu sehen. Er trocknet gerne den Schweiss, den ihm die Anstrengungen und Strapatzen des Tages auf der bekümmerten Stirne stehen machten, er geht nach vollendetem Tagewerk getrost zu Bette, er gönnt seinen müden Gliedern gerne die süsse Ruhe, und stärkt sie wieder zur Arbeit des künftigen Tages, in der sichern Hoffnung, der Himmel wird ihm durch das Gedeihen seiner Fluren, diese Anstrengungen auch hundertfältig vergelten.

Sehen wir hin nach Belgien, auf welcher Kulturstufe dasselbe steht, sehen wir hin auf den rationellen Betrieb seiner Landwirthschaft, suchen wir ihm nachzueifern so viel in unseren Kräften liegt, und werfen wir ab den alten Schlendrian, der unserer landwirthschaftlichen Kultur hie und da noch anklebt und der weiteren Vervollkommnung so hinderlich ist.

Doch es wirft sich dabei die Frage auf: Was hat denn Belgien vor Deutschland voraus, dass so frühe schon die Landwirthschaft auf einer höhern Stufe der Vollkommenheit stand, und jetzt noch alle übrigen agrikulturtreibenden Völker so sehr übertrifft? Was reizt den Belgier sein Feld mit so unermüdlichem Eifer zu bebauen?

Die richtige Antwort gibt uns ein Rückblick auf die Entwicklungsgeschichte der Niederländer.

Der Handel des Mittelalters ging zuerst auf jene über. Damit auch gleichzeitige Entstehung und Ausbildung der Industrie, besonders der Manufakturindustrie. Bürgerliche Rechtsverhältnisse, die zugleich auch auf die Agrikultur ihren günstigen Einfluss übten, Aufhebuug der lästigen Pacht- und Frohnverhältnisse, also f r e i e G u t s b e s i t z e r u n d B a u e r n, charakterisiren schon frühe die Niederländer. Daher auch unermüdlicher Fleiss und strenge Sorgfalt für den Landbau. Und, wie die beispiellose Thätigkeit im A l l g e m e i n e n, so auch die der Kultur einzelner Gewächse, wenn anderst solche mit den klimatischen und Bodenverhältnissen sich vertragen.

Wenn wir lesen und auch die tägliche Erfahrung uns bestätigt, dass der Belgier einen Flachs produzirt, der in ziemlicher Quantität und vorzugsweise in Qualität so ausgezeichnet ist, dass er das Pfund verkauft um einige Reichsthaler, ja von dem Flachse für brüsseler Spitzen und französischen Batist, zu 3000—4000 Thlr., so soll uns dieser enorme Preis doch anlocken, so weit als möglich diese Stufe der Kultur zu erreichen, zumal da solcher Preis nicht abhängt etwa von Handelsspekulationen, Monopolisirung und dergleichen, sondern der r e e l l e W e r t h dieses Produktes ist.

Wenn ich daher durch eine specielle Darstellung der Flachskultur in Deutschland wie sie ist, sein könnte und sollte, einen nur schwachen Beitrag zur besseren und intensiveren Kultur dieser Pflanze liefern kann, so finde ich meine Aufgabe schon vollständig gelöst.

Ausserdem werde ich einer andern Gespinnstpflanze

meine Aufmerksamkeit zuwenden, nemlich dem Hanfe und dessen Anbau; wie er sich im Allgemeinen darstellt, und namentlich in unserem engeren Vaterlande, dem Grossherzogthum Baden in Anbau tritt. Ich werde die bisherige Mangelhaftigkeit aufzudecken suchen, so wie die Bedingungen darthun, solche zu beseitigen, um höheren und besseren Ertrag zu erzielen.

I. Abtheilung.

Der Flachsbau.

Der Flachs, auch Lein genannt (Linum), gehört nach seinen botanischen Merkmalen im künstlichen System von Linné in die Pentandria Pentagynia (V. Klasse 5te Ordnung), in dem natürlichen System von Jussieu zur Familie der Lineen (Leinfrüchtler), in die XII. Klasse (Dicotyletones polypetalae hypogynae),*) nach de Candolle in die I. Klasse 1te Unterklasse (Thalamiflorae).

Unter den vielen Species von Linum, z. B. L. usitatissimum, L. perenne, L. catharticum, L. angustifolium, L. austriacum, L. narbonense, L. hirsutum, L. viscosum, L. tenuifolium, L. gallicum, L. strictum, L. nodiflorum, L. flavum, L. maritimum etc. finden wir nur zwei in Kultur und des Anbaues werth, nemlich Linum usitatissimum und Linum perenne.

1) Linum usitatissimum. Kelchblätter eiförmig zugespitzt, kleingewimpert, drüsenlos, fast so lang als die Kapsel, Blätter lanzettlich, kahl, Stengel einzeln aufrecht. ⊙ Zerfällt wieder in zwei Spielarten: a) Linum vulgare, (nach Schübler fl. W.) Schliesslein, Dreschlein und wegen der frühern Aussaat auch Frühlein genannt.

---

*) Oder auch in die XIII. Klasse (Dicot. hypopetaleae).

Hierher gehört auch der Rigaer Lein, welcher bekanntlich die stärkste Höhe erreicht (meist 2 Fuss, ja im ersten Jahre der Kultur bis 2½ Fuss hoch wird). b) Linum crepitans, Klanglein, Springlein, so genannt, weil die Fruchtknoten (Samenkapseln) bei der Reife durch die Sonne aufspringen und dabei ein gewisses Geräusch, Knistern, verursachen; auch Spätlein genannt der späten Aussaat wegen. Die Varietät soll nicht so hoch werden, als die vorhergehende. Ich habe aber bei mehreren genauen Beobachtungen kaum einen Unterschied bemerkt. Eine kleine Unbedeutenheit des Unterschieds mag mehr andern darauf einwirkenden Verhältnissen zuzuschreiben sein, als der Natur dieser Pflanze selbst. Ist die normale Höhe 1½ bis 2 Fuss, so ist zu bemerken, dass bei der vorangehenden Varietät dieselbe Höhe eintritt, wenn der Samen nicht Originalsamen, d. h. schon einige Jahre zur Kultur verwendet wurde, da er sehr gerne und leicht in die niedere Form ausartet.

Der Unterschied mag (auch nach Metzger) angeführt werden, dass die Varietät a) mehr im Norden von Deutschland in Kultur tritt, während die Varietät b) mehr im Süden und zwar in den gebirgigen Gegenden Deutschlands: in Württemberg auf der Alp, im Schwarzwalde, wo sie den feinsten Bast liefert, ferner in Baden bei Kehl, dann ebenfalls auf dem Schwarzwalde bei Neustadt etc. auftritt.

2) Linum perenne, ausdauernder Lein. Botanisch unterscheidet er sich von der vorhergehenden Species durch einen unten holzigen, aufsteigenden oder aufrechten Stengel, der oben ruthenförmig ästig und traubig ist, die Blätter lineallanzettlich bis linealisch (also schmäler) lang zugespitzt und einnervig sind, die Kelchblätter verkehrt eiförmig und stachelspitzig, oder die inneren

stumpflicht, häutig gerandet, 3—5nervig, der Mittelnerv nicht auslaufend, am Grunde kahl, Stengel zahlreich ⧣; die holzige Wurzel ist mehrstengelicht. Linum alpinum (Jacq.) und Linum montanum (Schleich.) ist die Berg- oder Alpenform.

Diese Species unterscheidet sich noch von der ersten durch grössere Empfindlichkeit im Anbau, auch wird sie, da sie nicht sehr gedrungen aufwächst, gar leicht von Unkraut heimgesucht. Aus diesen, wie noch verschiedenen anderen Gründen, besonders ihrer kleineren Höhe (Schaftlänge) wegen, mit grösserer Verästelung u. s. w. taugt sie nicht so sehr zum Anbau wie die Species Lin. usitatissimum.

1. Allgemeine Bedingungen zur intensiven Flachskultur.

Die allgemeinen zu einer intensiven Flachskultur unbedingt erforderlichen Verhältnisse sind folgende:

1) Geeignete Beschaffenheit des Bodens nach seinen physischen und chemischen Eigenschaften; Lage und Bearbeitung desselben.

2) Art und Zubereitung des Düngers, sowie Zeit der Aufführung desselben.

3) Angemessene Fruchtfolge.

4) Zeit der Saat mit Rücksicht auf die Witterungsverhältnisse.

5) Gehörige Pflege der Leinpflanze während des Wachsthums bis zur Ernte.

6) Richtige Zeit der Ernte und

7) Weitere Behandlung bis zur Verkaufsfähigkeit.

Bevor ich zur näheren Behandlung der Leinpflanze in der landwirthschaftlichen Kultur übergehe, möchten folgende allgemeine Bemerkungen hier Stelle finden.

Man hat schon oft, und zwar von mehrfacher Seite

die Behauptung aufgestellt: sowohl Boden als klimatische Verhältnisse in Deutschland seien nicht geeignet, dieselbe Qualität Flachses zu erzielen, wie solche in Belgien, dem Musterlande für den gesammten landwirthschaftlichen Betrieb, erreicht wird.

Solche Behauptung aber scheint sehr gewagt, sie geht zu weit, sie möchte der Zuverlässigkeit entbehren und verdient nur annäherungsweise Anerkennung.

Was den Boden anbelangt, auf dem der Flachs hauptsächlich sein Gedeihen findet, so ist dieses ein sogenannter Mittelboden oder starker Kornboden. Solcher ist ein mergeliger Thon- oder Kleiboden, humoser Thon- oder Kalkboden, lehmiger, vorzugsweise kalkiger Mergelboden (letzterer meistens in der Juraformation vorkommend). Salzsaurer Kalk und besonders salzsaure Talkerde sind dem Flachse am zusagendsten. Der Grund liegt darin: der Flachs braucht zu seiner vollkommenen Ausbildung ziemlich viel von diesen, zudem hat die salzsaure Talkerde (Chlormagnesium), sowie die salzsaure Kalkerde (Chlorcalcium) sehr grosse hygroskopische Eigenschaft, d. h. das Vermögen, viel Feuchtigkeit aus der Atmosphäre anzuziehen und dieselbe auch lange Zeit festzuhalten.

Der talkhaltige Boden rührt her von der Verwitterung von Serpentin-Chloritschiefer-Grünsteinfelsen u. dgl.

Der humose Thonboden kommt meist in den Niederungen oder in den Thälern der Flüsse und Ströme vor, wo er durch Anschlemmung entstanden und Aueboden heisst.

Nun entsteht die Frage: Haben wir derlei Boden nicht genug in Deutschland? Wie viele Strecken, die noch öde liegen, wären vielleicht einer Flachskultur würdig? Wie viel könnte gewonnen werden durch entsprechende Melioration des schon im Anbau befindlichen Landes? — An zu Flachsbau geeignetem Boden fehlt es uns durchaus nicht, wir haben dessen genug.

Ebenso verhält es sich auch mit den Witterungseinflüssen; es hat Belgien keine andere Witterung wie Deutschland, und angenommen: dieselbe sei hier trockener, es könnte gewiss das Mangelnde durch eine entsprechende Lage erreicht werden, es wäre z. B. eine südöstliche, südliche, noch mehr eine südwestliche und westliche Lage im Allgemeinen zum Flachsbau geeigneter als jede andere. Aber wie gesagt, auch in der Witterung herrscht kein, wenigstens kein wesentlicher Unterschied.

Eben so wenig, wie Boden, dessen Lage und die Witterungsverhältnisse in Deutschland dem Flachsbaue ungünstiger sind als in Belgien, eben so wenig ist es auch das Klima.

Alfred Rüfin sagt ganz richtig:*) „Das westliche „Deutschland und insbesondere der Niederrhein hat das„selbe Klima wie Belgien. Es tritt der Frühling in Bel„gien fast zu derselben Zeit ein, und der Sommer ist „sogar ganz derselbe wie in Deutschland. Auch glaube „man nicht, dass Belgien wegen der Nähe des Meeres „feuchter, daher dem Wachsthume des Flachses förder„licher sei, als andere, blos von Land eingeschlossenen „Länder. Nicht wie England wird es von den feuchten „Nebeln der See umlagert und überzogen; die Gewölke, „welche an seinen Küsten aufsteigen, ziehen meistens „ostwärts über Deutschland hin und ergiessen sich erst „dort in fruchtbringenden Regen."

---

*) Der Flachsbau und die Flachsbearbeitung in Belgien. Wesel 1844. Seite 15.

Ist unser Klima in einigen Gegenden auch etwas rauher, so gibt dem Belgier sein milderes keinen wesentlichen Vortheil, denn der Flachsbau findet sich hauptsächich in den Gebirgsgegenden, wo der Hanfbau wegen rauherem Boden und Klima kein rechtes Gedeihen mehr findet, daher scheint die Flachspflanze gegen solche Einflüsse unempfindlicher zu sein.

Wenn daher weder Boden noch Klima, noch sonstige Verhältnisse auf das Gedeihen der Flachskultur ungünstig einwirken und dieselben in ihrer weiteren Vervollkommnung zu hemmen vermögen, so finde ich keinen Grund, nach einigen unglücklichen, einseitig angestellten Versuchen, die ganz und gar der Zuverlässigkeit entbehren mögen, der ganzen Sache die Möglichkeit abzusprechen, von vornherein behaupten zu wollen, Deutschland könne diejenigen Flachsqualitäten, wie sie Belgien erhält, nicht erziehen. Dieses heisst, wie man sich auszudrücken pflegt, „das Kind mit dem Bade ausschütten.“

Das ganze Uebel des schlechteren Gedeihens liegt einzig und allein nur in der menschlichen Einwirkung.

2. Specielle Bedingungen zur intensiven Flachskultur.

Bodenbearbeitung.

Zum guten Gedeihen des Flachses ist vor Allem eine fleissige und öftere Bearbeitung des Bodens von grösstem Einflusse. Derselbe soll wo möglich noch vor Winter, oder wenn es die Witterung erlaubt, auch während desselben einigemal und zwar fürs Erste tief gepflügt und tüchtig geeggt, oder auch nur in rauhe Furchen gelegt werden. Im Frühjahre muss abermals, aber nur seicht gepflügt, damit die Feuchtigkeit dem Boden erhalten bleibe, dann fleissig geeggt werden, wodurch derselbe von allem Unkraut gesäubert, ziemlich stark aufgelockert und mürbe wird.

Von besonderer Wichtigkeit ist die Anwendung der Egge, daher in Belgien das Sprichwort: „Wer Flachs bauen will, muss die Egge müde machen." Die Bodenbearbeitung ist überhaupt vorzunehmen, sobald es die anderweitigen Beschäftigungen erlauben, im Spätjahre, im Winter und abermals im Frühjahre vor der Saat.

Die Düngung.

In Bezug auf die Düngung herrschen sehr mannichfaltige Ansichten und Methoden. In Deutschland glaubt man, zu Flachs nur äusserst schwach zu düngen, weil sonst ein zu geiles Aufwachsen und späteres Lagern desselben zu befürchten steht, der Bast dadurch brüchig, oder wie man sich sonst ausdrückt, „schlecht im Kerne" wird.

Der Belgier ist hierin ganz anderer Ansicht. Er sieht zuerst auf die Vorfrucht und ermisst sonach das Bedürfniss einer Düngung. Ist die Vorfrucht Klee oder Hafer, so wird wenig oder gar nicht gedüngt; ist dieselbe aber Hanf (welcher bekanntlich zu den bodenaussaugenden Gewächsen gehört), so wird schon eine ziemlich starke Düngung nothwendig.

Der Flachs verlangt zwar kein frisch gedüngtes, sondern nur ein in guter Kraft stehendes Feld, desshalb sind gut gedüngte und fleissig bearbeitete Hackfrüchte seine besten Vorgänger.

Soll zu Flachs gedüngt werden, so eignet sich dazu am besten ein guter Kompost oder verrotteter Dünger. Dazu eignen sich Hanfaggeln oder Rebsstroh, welche, mit Erde vermischt, einige Zeit der Verrottung (zum Brandhaufen) ausgesetzt sein müssen, weil in diesen Ueberresten noch Samenkörner enthalten sein könnten, welche in der beigemischten Erde während der Verrottungsperiode aufkeimen, und auf diese Weise als lästiges Unkraut vom Flachsfelde entfernt bleiben.

Auch die Aschedüngung ist dem Flachse sehr zusagend und kommt in Belgien hie und da zur Anwendung. Besonders eignet sich dazu die Asche solcher Pflanzen, die reich an Talk und Kalkerde, sowie an Alkalien ist.

Unter diesen ist die Asche von Buchenholz an jenen Stoffen die reichste. Nach einer Analyse von Sprengel[*]) enthält die Asche von Rothbuchenholz in 100 Gewichtstheilen, 25 % Kalkerde, 5 % Talkerde, 22,11 % Kali (zum Theil mit Kieselsäure verbunden), 3,32 % Natron, 7,64 schwefelsaures Kali und schwefelsauren Kalk, 5,62 % phosphorsauren Kalk, 1,84 Chlornatrium, und 14 % Kohlensaures Kali.

Eichenholz Asche. In 100 Gewichtstheilen: 17,38 % Kalkerde; 1,442 % Talkerde, 16,2 % Kali, 67,3 % Natron, (beide zum Theil an Kieselerde gebunden); 2,408 % Chlornatrium 28,468 % kohlensaures Kali.

Asche von Kiefernholz. In 100 Gewichtstheilen 23,182 % Kalkerde; 5,816 % Talkerde; 2,198 Kali, 2,22 % Natron, (beide zum Theil an Kieselsäure gebunden), 2,228 schwefelsauren, 2,748 phosphorsauren Kalk, 2,3 % Chlornatirum und 36,485 % kohlensauren Kalk und Kali.

Rebsstrohasche. In 100 Gewichtstheilen.

	Talkerde	—	31 %.
	Kali	—	18 %.
Schwefel-saurer	Kalk / Kali	—	13 %.
	Natron	—	12 %.
Kohlen-saurer	Kalk / Kali	—	11 %.

Häufiger als die frische Holzasche wird die ausgelaugte angewendet. Man erhält sie aus der Pottasche-Seifensiederei- und Bleicherei.

Lehre vom Dünger S. 252, ff.

Nicht minder wichtig ist die Torfasche, welche von dem fleissigen Landmanne sehr gesucht wird. Bei dem Torfbrennen kommt der beachtenswerthe Umstand in Betracht, dass, da der sumpfige oder moorige Boden viel Eisen- und Manganoxydul enthält, durch das Verbrennen dem Wasser der Sauerstoff entzogen wird, wodurch das Oxydul in Oxyd übergeht, der Waserstoff mit dem Stick-stoff der Atmosphäre Verbindung eingeht und Amoniak bildet, und durch Absorbation von Kohlensäure als kohlensaures Amoniak für die Flachsdüngung äusserst wichtig ist, wodurch sich die weiter unten anzuführende Jauchedüngung so sehr empfiehlt.

Mehr noch als alle diese angeführten Düngungsmittel empfiehlt sich die Anwendung der Aggeln oder Holztheilen des Flachses selbst. In diesen liegen vorzugsweise diejenigen Mineralsubstanzen vereinigt, welche die Pflanze zu ihrem Gedeihen nothwendig hat; darin liegen die Hauptbedingungen des Wachsthums am sichersten gegeben. Diess beweissen die in neuester Zeit angestellten Analysen der Flachsstengel. Sie sind desshalb empfehlenswerth, weil sie die Arbeit tüchtiger und sorgfältiger Chemiker sind, und deren Resultate auch ziemlich identisch sich erwiesen.

Analysen der Mineralsubstanzen des Flachses und der Bodenart, auf welchen die Pflanzen gezogen wurden, von J. E. Mayer und J. F. Brazier. Annalen der Chemie und Pharmacie von Friedrich Wöhler und Justus Liebig. B. LXXI. Heft 3. S. 314. ff. Heidelberg 1849 im Septbr.

„Die Proben sind aus den Provinzen Esthland, Lief-
„land, Kurland und aus Litthauen.

„Zur Darstellung wurde eine Handvoll Stengel über
„einen Porcellanteller gehalten und langsam verbrennen

„lassen." Durch weiteres Glühen mit Quecksilberoxyd wurde bewirkt, dass die der Asche noch anhängenden Kohlentheilchen, in Form von Kohlensäure und Kohlenoxydgas entfernt wurden, (wobei natürlich auch das Quecksilber sich verflüchtigte).

„Lässt man Sand und Kohle, deren Anwesenheit nur „zufällig ist, ebenso die Kohlensäure weg, so erhält man „folgende Procentwerthe." *)

Aus einer vergleichenden Zusammenstellung der Analysen lässt sich leicht erkennen, in welchen Punkten die Aschen dieser verschiedenen Flachsarten übereinstimmen:

	Liefland.	Kurland.	Lithauen.	Estland.
	I.	II.	III.	IV.
Kali	43,42	37,44	36,61	25,70
Natron	0	3,74	3,06	8,37
Kalk	21,35	25,39	24,09	26,41
Bittererde	7,79	7,71	7,45	11,74
Eisenoxyd	1,15	1,13	1,04	1,02
Manganoxyd	0	Spur	0	0
Chlornatrium	0	1,94	0	0
Chlorkalium	1,31	0	0	0
Phosphorsäure	10,94	8,31	14,30	15,47
Schwefelsäure	5,66	5,89	3,65	4,64
Kieselsäure	8,38	8,45	6.05	4,98
	100,00	100,00	100,00	100,00

Seite 319 stehen ebenfalls die Resultate der Analysen von Sir R. Kane aus der Abhandlung, welche er am 6. April 1847 vor der Royal Dublin society vorlas.

Die Flachsproben sind aus Belgien und Holland.

---

*) Annal. d. Chem. u. Pharm. l. c. p. 315.

	Distrikt von Courtrai.		Distrikt von Antwerpen.		Distrikt von		
	Heestelt.	Escamoffies.	Hammerzog.	Unbenannt.	Holland.	Dublin.	Armagh.
Kali	9,69	30,62	26,67	28,62	21,35	11,78	6,60
Natron	24,16	0	16,88	0,48	12,65	11,82	6,61
Kalk	29,27	22,04	22,15	21,29	21,30	14,85	23,67
Bittererde	4,34	4,45	4,70	4,05	3,50	9,38	4,22
Eisenoxyd	5,66	2,03	1,31	2,53	2,74	0	14,20
Thonerde	0,56	0,58	0,86	0,00	1,67	7,32	0,40
Manganoxyd	Spur	Spur	Spur	0	0	0	1,12
Schwefelsäure	7,93	8,33	8,18	13,43	11,22	3,29	9,30
Phosphorsäure	14,20	15,78	20,66	12,29	12,82	13,05	7,29
Kieselsäure	3,85	4,54	3,20	3,36	6,18	25,71	0,94
Chlornatrium	10,34	11,63	5,49	14,15	6,57	2,90	26,25
	100,00	100,00	100,00	100,00	100,00	100,00	100,00

In der agronomischen Zeitung Nro. 149, Leipzig den
9. Februar 1849, gibt Dr. R. Kane ebenfalls eine Analyse von getrockneten Flachsstengeln in 100 Theilen an;
in 100 Theilen der Asche findet sich

Kohlenstoff	38,72	Pottasche	= 9,78
Wasserstoff	7,33	Soda	= 9,82
Sauerstoff	48,39	Kalk	= 12,33
Stickstoff	0,56	Magnesia	= 7,70
Asche	5,00	Aluminia	= 6,08
	100,00	Kiesel	= 21,35
		Phosphorsäure	= 10,84
		Schwefelsäure	= 2,65
		Chlorine	= 2,41
		Kohlensäure	= 16,95
			100,00

Aus diesen verschiedenen Analysen sieht man, dass
der Gehalt an Alkalien sehr gross ist. Der Gehalt an
Phosphorsäure ebenfalls beträchtlich; daher ein Beweis,
dass der Flachs zu den bodenerschöpfenden Gewächsen
gehört. Der Betrag an werthvollen Mineralsubstanzen,
den diese Pflanze dem Boden entzieht, übersteigt die
Menge, welche demselben gewöhnlich in Gestalt von Korn
oder Waizen genommen wird, um ein Bedeutendes.

Aus einer Angabe von Mac Adam (Royal Agricult.
Journal Vol. III. p. 361) geht hervor, dass ein Rood Land
einen Ertrag von ungefähr 12,7 Ctr. Flachs gibt. Wenn
derselbe gleich nach der Ernte gewogen wird, so erhält man 12,21 Pfd. Alkalien, und 5,94 Pfd. Phosphorsäure dem Boden weggenommen.

Eine weitere Untersuchung ist von Way (Royal Agricult. Vol. VII pag. 395); hier wird die Flachsernte in
Bezug auf die Bodenerschöpfung mit einer Waizenernte

verglichen, und Seite 321 dieses Heftes der Annalen für Chemie und Pharmacie heisst es weiter:

„Es gibt indessen doch einen Haltpunkt, in dem sich „der Bau des Waizens von dem des Flachses unter- „scheidet und den Sir R. Kane zuerst auf eine den Landmann überzeugende Weise hervorgehoben hat.

„Während nemlich die Mineralbestandtheile, die wir „in dem Waizen oder in den Cerealien überhaupt unse- „ren Feldern entziehen, Bestandtheile der Nahrung wer- „den und so in eine Zirkulation eintreten, aus welcher „sie selbst unter sehr günstigen Umständen erst nach „Verlauf langer Zeit zu dem Boden zurückkehren, wird „die Holzfaser des Flachses, indem sie zu unserem Ge- „brauche zubereitet wird, gerade von denjenigen Mineral- „substanzen grösstentheils getrennt, die zu ihrem Wachs- „thume so nothwendig sind. Wenn nun der Landmann „dieselbe auf eine passende Weise benutzen wollte, so „könnte er sein Feld in einem Stande gleichmässiger „Fruchtbarkeit erhalten."

Es wird dabei eine sehr vortreffliche und schlagende Vergleichung der Vegetation der Flachspflanze mit dem Wachsthum des Zuckerrohrs gemacht.

„Die unorganischen Theile, die von der Pflanze auf- „genommen werden, sind die Werkzeuge, um es her- „vorzubringen, und sollten eben so sorgfältig aufbewahrt „werden, wie die Werkzeuge in einer Fabrik, um bei „der Erzielung künftiger Ernten fernere Dienste zu lei- „sten."

Erstaunlich gross aber ist bei obigen Analysen der Kalkgehalt. In solcher Menge kann er nur als schwefel- saurer, salzsaurer, besonders aber als doppeltkohlen- saurer Kalk von der Pflanze aufgenommen werden, denn nur als solcher ist er in Wasser löslich. Die Phosphor-

2 *

säure mag auch zum Theil in Verbindung mit den Alkalien ebenso aufgenommen worden sein.

Die Jauchedüngung,

Mag das Flachsland vorher gedüngt oder nicht gedüngt sein, so kommt man in Belgien noch mit einer Jauchedüngung dem raschen und bessren Gedeihen des Flachses zu Hülfe.

Diese Jauche besteht aus menschlichen Exkrementen, welche mit Wasser vermischt sind, womit gewöhnlich die Ställe ausgespühlt werden. Das Wachsthum wird beschleunigt, weil in diesem flüssigen Dünger sehr viele Nahrungsstoffe besonders Alkalien, schwefelsaure und salzsaure Verbindungen aufgelöst sind, die der Pflanze im Momente zur Nahrnng dienen können.

Es ist bekannt, dass der Flachs bei Anwendung eines flüssigen Düngers, der zudem sehr stickstoffreich ist, wie die Jauche, besser gerädt, als bei gewöhnlicher Mistdüngung.

Durch die Jauchedüngung erhält der Flachs einen höhern Grad von Feinheit, Gleichheit und Stärcke, die wahrscheinlich dem Stickstoff des Amoniaks zu zuschreiben ist.

Guanodüngung.

Zuletzt ist noch als Düngung der Vogeldünger, sogenannte Guanodünger sehr wichtig,

Der Guano, wird entweder trocken, d. h. mit Erde vermischt, oder auch rein auf dem Flachsboden umhergestreut; oder was viel bessere Wirkung äussert, mit Wasser gemischt (Guanowasser), als eine Art Jauche, vor der Saat aufgegossen. Das Wachsthum des Flachsses wird dadurch ungeheuer befördert.

Die Zeit, wann der Dünger aufgefahren werden soll,

ist die v o r· der Saat, und. zwar, die Mistdüngung vor
dem ersten Pflügen.

A l f. R ü f i n gibt zu einer gewöhnlichen Mistdüngung an: 300 ᶜ' = 3 Karren (5 Fuder) auf den preussischen Morgen, zu 180 □⁰, also auf 1 □⁰ = 1⅓ᶜ' Dünger, (freilich ziemlich wenig!)

Die Jauchedüngung geschieht kurz . vor· der Saatbe-
stellung. Sie soll nicht auf einmal geschehen, sondern
2 bis 3 mal in verschiedenen Quantitäten, damit der Boden
sie besser aufnehme und nicht zu viel ungenützt ver-
dünste, oder gar abgespült werde. Eben so soll sie auch
stark verdünnt sein, und lieber mehr von der verdünnten
als von allzu koncentrirter aufgefahren werden, wobei
zugleich eine gleichmässige Vertheilung zu beobachten ist.

Diese Einzelnheiten weiss der Belgier recht sorgfältig zu beachten und anzuwenden. — Wo in Deutschland
sieht man eine so sorgfältige Behandlung, wo überhaupt
eine Anwendung von Jauchedüngung beim Flachsbau ?
Man weiss fast nichts davon. Wo sie aber auch bekannt
ist, kommt sie nicht in Anwendung, weil zu geiles Aufwachsen des Flachses, und die irrthümlich daraus ent-
stehenden Folgen, Verlust an Haltbarkeit (schlechter
Kern) befürchtet wird. In Belgien dagegen ist man
anderer und zwar richtigerer Ansicht, indem die schlechtere Flachsqualität wie sie in Deutschland erzeugt wird,
nicht in der Art des Düngers, sondern in dem allzu-
lange Stehenbleiben, bis zur· Samenreife, so wie auch
den schlechtern Brech- und Schwingapparaten zu zuschreiben ist.

Fruchtfolge.

Was die Stelle in der Fruchtfolge anbelangt, in welcher der Flachs gebaut werden soll, so ist folgendes zu

berücksichtigen: der Flachs steht als e r s t e und auch als z w e i t e Frucht; als erste Frucht steht er gerne nach Klee, besonders wenn solcher mit Gülle und Asche gedüngt war, oder nach gedüngten Kartoffeln, Bohnen, Erbsen u. dgl.: ferner als zweite Frucht, nach Waizen, Roggen, Hafer, gelbe Rüben, gedüngten Reps. Ganz besonders gerne folgt er auf, mehrere Jahrelang niedergelegtes Gras- oder Weideland, in der sogenannten Feldgras- und Koppel- oder Egartenwirthschaft, wie solche auf dem Schwarzwalde, und auch im nördlichen Deutschland vorkommen.

Ausführliches darüber in der Anleitung zur zweckmässigen Kultur und Bereitung des Flachses, von Direktor Dr. v. Papst in Hohenheim. Stuttgart 1848. Seite 9 bis 12.

Als ganz vorzüglicher Vorgänger ist aber der Hanf. Daher das Sprichwort: „d e r H a n f m a c h t d e n L e i n,“ oder wie in Deutschland gebräuchlich, Hackfrüchte. Durch letztere trifft der Flachs nemlich in der Regel einen sehr durchgearbeiteten und von Unkraut gereinigten Boden an. Hauptsächlich ist zu beachten, dass der Flachs nicht auf sich selbst folgt, indem er, wie man zu sagen pflegt, s i c h s e l b s t h a s s t, sondern erst nach Verlauf von mehreren Jahren (etwa nach 8 bis 10 bis 12 Jahren) auf demselben Lande wieder erscheinen darf. Dieses „sich selbst Hassen“ mag sich wohl daraus erklären lassen:

1) Das physische Gesetz der Endosmose und Exosmose, welches darin besteht, dass zwei durch eine Membrane oder Thierblase getrennte Flüssigkeiten von verschiedenem specifisch. Gewichte, ungeachtet dieser Trennung doch zusammentreten oder ganz ihre Stelle wechseln können, findet wahrscheinlich auch bei den Pflanzen durch ihre Wurzeln Statt. Gewisse (oder alle?) Pflanzen stos-

sen, gleichsam als Exkremente solche durch die Wurzel aufgenommenen Stoffe, auf demselben Wege wieder aus, welche der chemische Process im Pflanzenorganismus gebildet, oder durch Einsauchung von den Wurzeln erhalten hat, und dem Wachsthume entweder schädlich oder überhaupt nicht zusagend sind. — Wurzelsekrekation. Erscheint nun im künftigen Jahre dieselbe Pflanze wieder, so zerstören sie diese im Boden sich befindenden Exkremente, die gleichsam als Gift auf sie einwirken, und sie kann unmöglich gedeihen, sie muss zu Grunde gehen.

2) Ein weiterer Grund des Nichtgedeihens ist die grosse bodenaussaugende Kraft der Flachspflanze. Vermöge dieser Kraft wird der Boden an den für das fernere Wachsthum nöthigen Mineralsubstanzen entblösst, besonders an solchen, die durch eine künstliche Düngung nicht alle und nicht immer ersetzt werden, oder wenn es auch geschieht, solche Düngerkörper nicht in dem Zustande oder in der Form beigebracht werden können, dass sie im Momente als Nahrungsbestandtheile aufgenommen werden können. Sie haben dazu eine gewisse Zeit und gewisse Bedingungen nothwendig. Sie bilden so zu sagen, den Vorrath der Pflanzennahrung. Solche sind z. B. der phosphorsaure und einfach kohlensauren Kalk, phosphorsaure Bittererde und dergleichen.

Die Saat.

Ist nun das Land durch Pflügen, Eggen und Düngen vorbereitet, und dem Flachse die gehörige Stelle in der Fruchtfolge angewiesen, so kommt die Saat.

Man säet von Ende März bis Mitten Juni; daher auch der Unterschied von Frühe- Mittel- und Spätlein. Die Zeit der Saat hängt zwar vom Boden und von der Witterung ab, jedoch soll sie spätestens Mitte April, in der

Regel schon Ausgangs März geschehen, und man soll lieber eine zweite Saat opfern wenn erstere durch Nässe, Frost ect. zu Grunde geht, als eine zu späte anwenden. Geschieht die Saat, wie man dies in Deutschland zu tadeln hat, erst Ende April oder noch später, so hat die Flachspflanze wenn nicht öfters Regen sie dagegen schüzt, oder sonst günstige Verhältnisse einwirken, wodurch die Feuchtigkeit im Boden erhalten wird, Die Periode ihres Wachsthums stets in der heissesten Zeit durchzumachen, daher rührt auch das seltene Eintreten guter Flachsjahre in Deutschland; die Fasern werden zu hart, und rauh, wenn sie sich bei dieser Zeit erst entwickeln müssen. Sind sie aber durch frühe Saat einmal aufgekeimt, so können sie sich durch ihren dichten Stand mehr beschatten, und die Hitze wird ihnen nicht mehr so empfindlich. Auch wird dem Unkrautwucher der sich zu dieser Zeit am stärktsen eintsellt, dadurch mehr gesteuert. Die Fflanze wird in den Stand gesetzt, sich ihre Bodenfeuchtigkeit selbst zu erhalten,

Wie soll aber die Saat geschehen?

Hier hat der Landmann vor Allem den Hauptzweck seines Flachsbaues zu beachten, nemlich ob er gebaut wird:

a) des Bastes wegen, und welche Qualität,

b) der Samengewinnung wegen, oder ob

c) nebst dem Bast auch noch brauchbarer Samen gewonnen werden soll.

Soll ein feiner Bast erzielt werden, so wird dies nur möglich durch eine dichte Saat,*) denn je näher die

---

*) Etwa 1¼ bis 2 Scheffel auf den preussischen Morgen oder 7—8 Sester auf den badischen. In Belgien werden fast 3 Scheffel auf den Morgen gesäet.

Leinpflänzchen stehen, desto dünner wird ihr Stengel, je
dünner der Stengel desto feiner der Bast, und indem
sie sich dadurch selbst mehr beschatten, wird die Ast-
bildung ganz auf den Gipfeltrieb angewiesen, dieses hat
dann wieder zur Folge, dass der Stengel eine bedeuten-
dere Höhe·erreicht, sowie der Bast von der Wurzel bis
zum Gipfel eine ununterbrochne Länge erhält.

Wird der Flachs des Samens wegen gebaut, so ist
weniger Samen, also keine so dichte Saat nothwendig.
Auch soll die Pflanze stehen bleiben bis zur völligen
Samenreife, welches bei vorhergehendem Falle nicht
Stattfinden darf.

Soll endlich nebst einer Basterndte auch eine Samen-
erndte erzielht werden, so ist zwichen beiden voranste-
henden Verfahren ein Mittelweg einzuschlagen. (Davon
weiter unten).

Ist die Saat aufgekeimt, so dass die jungen Pflänzchen etwa 3 bis 4 Zoll hoch über die Ackeroberfläche
hervorragen, so tritt eine Arbeit ein, die nicht ohne
grosse Sorgfalt geschehen darf.

Es ist dies das sogenannte Jäten oder Kröen. Freilich eine mühsame Arbeit, aber zum Gedeihen des Flachses
unerlässlich, zumal da er auf Klee oder Hafer folgend,
zu sehr von Unkraut heimgesucht wird, das ihn gar
leicht zu überflügeln und sonach zu untertrücken droht.
Der Belgier geht hier wieder sehr sorgfältig und unver-
drossen zu Werke. Er ist bereit diese mühselige Arbeit
lieber einmal mehr zu verrichten, als an Quantität, oder
noch mehr an Qualität seines Flachses einzubüssen.

Diese Sorgfalt geht dem Deutschen fast ganz und gar
ab. Er kennt diese mühsame Arbeit zwar und verrich-
tet sie auch; glaubt aber, durch ein einmaliges Jäten
sei immer der Sache schon Genüge geschehen.

Unter sorgfältiger und gebührender Pflege wächst der Flachs freudig auf, entfaltet seine schönen azurblauen Blüthen welche dem Auge, über die Flur hingerichtet, einen gar angenehmen, lieblichen Reiz verleiht.

Bei einer Saat, die üppig aufgewachsen, kommt nicht selten vor, dass der Flachs fällt, oder sich lagert, wodurch die erwünschten Eigenshaften eines guten Bastes einigermassen verloren gehen.

Diesem Uebel wird in Belgien vorgebeugt durch das sogenannte Ländern oder Stengeln. „Der stärker „gedüngte oder dichter gesäete, zu feinern Geweben „bestimmte Flachs, lagert sich nemlich, und wie leicht „zu erachten, weit leichter als der gewöhnliche, was zu „verhindern der Belgier über sein ganzes Flachsfeld ein „Gitter zieht, durch welches der Flachs alsdann hindurch-„wächst, und aufrecht erhalten wird." Dieses Gitter wird in folgender Weise angebracht; Man steckt über den ganzen Fleck in die Länge und Breite, in Entfernung von 6—10 Fuss, (in Belgien in die Beetfurchen), 2 Fuss hohe, mit einer Zwiesel oder Gabel versehene Stöcke, in diese Gabeln die Belegstangen, Latten, entlang und quer; so dass dadurch ein Gerüst oder Rost entsteht, oder das ganze Belege aus lauter kleinen 1—2 Fuss weiten Quadraten besteht; auf dieses Belege kann man noch Reisser (Belegreisser) anbringen, ist aber nicht absolut nothwendig, wo der Flachs alsdann hindurchwächst. Dieses Latten- oder Belegsystem ist etwa in einer Höhe von 8—10 Zoll hoch anzubringen.*)

Dieses Ländern kennt der Deutsche kaum dem Namen

---

*) Alfred Rüfin, der Flachsbau und die Flachsbereitung in Belgien. Wesel. 1844. S. 43. Auch Dr R. Veit, Lehrbuch der Landwirthschaft. 2te Auflage. Augsburg 1846. S. 252.

nach. Seine Anwendung, so nothwendig sie auch ist, hält er, weil sie zu kostspielig und zeitraubend ist, für unanwendbar, ja sogar für überflüssig. Bedenkt man aber dass gerade in den Gegenden Deutschlands, welche ausgedehnten Flachsbau betreiben, das Holz wohlfeil, der Arbeitslohn niedrig ist, zudem jene Vorrichtung mehrere Jahre benützt werden kann, und endlich die erzielte höhere Qualität fast mit Gold bezahlt wird; warum soll man in Deutschland nicht sich getrieben sehen, auch jene Mühe und jenes Opfer zu bringen.

Die Ernte.

Nach einer so sorgfältigen und unverdrossenen Pflege naht der Flachs sich endlich seiner Reife. Die Zeit der Reife ist aber sehr verschieden, und der verschiedene Reifezustand sehr entscheidend für die Qualität des Bastes. Dabei kommt in Betracht, wovon schon oben Erwähnung geschehen, was man ernten will, ob man blos Bast, oder auch Samen zu gewinnen strebt.

In Deutschland wird gewöhnlich derjenige Zustand zur Reife gewählt, wo die Fruchtknoten anfangen gelb zu werden, der Samen also vollständig reif ist. Dieser Zustand ist aber, soll vorzugsweise Bast gewonnen werden, der übelgewählteste, weil mit der Zunahme der Samenreife der Kern des Bastes abnimmt, also an Haltbarkeit und Feinheit bedeutend einbüsst.

Wenn man daher neben der Basternte auch noch eine Samenernte gewinnen will, geht an der besseren Qualität des Gespinnststoffes mehr verloren, als wenn man gänzlich auf den Samen verzichten würde.

Die beste Zeit der Ernte soll sogleich nach der Blüthe sein, wenn eben die Fruchtknoten angesetzt haben, also die ganze Pflanze noch grün ist; oder, will man auch

Samen haben, dann, wann die Samenkörner zwar aus-
gebildet, aber noch nicht reif sind.

Hierauf wird der Flachs gerauft, in kleine Büschel
gebunden, dann einige Zeit dacchartig „in Kapellen" zum
Trocknen aufgestellt, damit die Körner nachreifen können. Durch dieses Verfahren gewinnt man noch einen
guten Bast und nebenbei auch Samen, der Keimfähigkeit besitzt.

In den meisten Fällen ist es doch immer vorzuziehen,
die erstere Methode anzuwenden, weil doch der Bast an
Feinheit und Haltbarkeit mehr gewinnt, als die Samen-
menge werth ist, zumal, da solche Samengewinnung doch
nur ein Nothbehelf ist.

Hat letzterer auch Keimfähigkeit, so ist er doch, zur
fernern Saat angewendet, viel mehr der Gefahr des
Missrathens ausgesetzt, als ein Samen, der vollkom-
men entwickelt und ausgereift ist. Man soll daher sich
die kleine Auslage, frischen und guten Samen zu kau-
fen, oder die Mühe, solchen selbst zu erziehen, durchaus nicht verdriessen lassen.

Will man sich den Samen selbst erziehen, so muss
er auf dem Lande reifen; dann wird er gerauft und nach
Hause gebracht, gerüffelt und, soll er technische Ver-
wendung finden, alsbald ausgedroschen, während der
zur Saat bestimmte in den Kapseln bis zu seiner Ver-
wendung aufbewahrt werden soll.

Es ist bei der Saat 2—3—5jähriger Samen dem
frischen vorzuziehen. Dabei ist aber sehr zu beobachten,
dass, da der Lein sehr gerne und bald (im 2ten oder 3ten
Jahre schon) in die gewöhnlichere, schlechtere Land-
form ausartet, man sich stets bemüht, frischen Samen
— Originalsamen zu verschaffen. Der beste ist der
rigaer oder russische, ferner auch der tyroler, lieflän-

der, holländer u. s. w., die zwar keine bestimmten Species sind, sondern nur in den benannten Gegenden vorzüglich gedeihen.

Das Rüffeln.

Nach dem Raufen folgt entweder sogleich das Rüffeln, d. h. die Abnahme der Samenköpfe von den Stengeln, oder auch der Flachs wird noch einige Zeit in Kapellen aufgestellt, bis er ganz trocken und abgedörrt ist, alsdann abgeschlagen entweder mit dem Dreschflegel oder mit dem Potthammer.

Sollen die Fruchtknoten sogleich nach dem Raufen abgenommen werden, so kann dieses der grössern Stärke und Zähigkeit der Stengel wegen nur durch die Rüffel geschehen (Zeichnung 1); diese besteht aus einem vier Fuss oder noch längern, 1½ — 2 Zoll dicken Bohlen, der gleich einer Sitzbank auf Füssen befestigt ruht, in deren Mitte nach oben eine Anzahl 20 — 30 vierkantige oben spitz zulaufende, 8 — 10 Zoll bis 1 Fuss lange eiserne oder stählerne Zinken reihenweise nach Art einer Hechel beisammenstehen. Auf beiden Seiten dieses Zinkensystems, nach der Länge des Bohlen sitzt je ein Arbeiter mit einer Hand voll Flachs und zieht dieselbe so durch die Hechel, dass die Knoten sich von dem Stengel trennen. Dieses Durchziehen geschieht im Zweitakt, nach Art des Dreschens, so lange fort, bis das ganze Geschäft vollendet ist.

An manchen Gegenden finden sich auch Rüffeln, bei denen mehrere solcher Hecheln auf dem Bohlen angebracht sind (Zeichnung 2).

Die Röste.

Sind die Flachsstengel von den Knoten befreit, so kommt die Röste.

Es ist nemlich der Bast und die Rinde des Flachs-
stengels durch eine Art Gummistoff fest an den Holzkörper angeklebt oder angewachsen. Um diesen Bast
nun von dem Holzkörper zu trennen, ist es nöthig, den
Gummistoff aufzulösen. Die Auflösung wird bedingt
durch die Einwirkung von Feuchtigkeit, Luft und Wärme.
Es ist dieses ein gewisser Gährungsprozess, der hervorgerufen wird durch ein Verfahren, das man Röste (Rötze)
nennt.

Solcher Röstverfahren hat man zweierlei zu unterscheiden:

a) Die Thau- oder Landröste und
b) die Wasserröste.

Erstere besteht darin, dass die Leinstengel auf irgend
ein trockenes mit Gras bewachsenes Land, Wiese, Kleestück, oder auch auf Stoppelfelder, Heideboden u. dgl.
dünne ausgebreitet werden, darauf 3—4 Wochen liegen
bleiben, während dieser Zeit aber einigemal gewendet,
und, wenn die Röste auf beiden Seiten gleich, oder der
Bast grau ist und sich leicht vom Holze loslöst, zusam-
mengezogen, in Büschel gebunden und nach Hause, oder
auf die Bleiche gebracht werden, wo sie dann weiterer
Bearbeitung unterliegen.

Solches Röstverfahren ist besonders in unserm lieben
Deutschland noch das allgemein herrschende. Die grössere Mangelhaftigkeit, die zu diesem Verfahren noch hin-
zutritt und mit zu den Hauptursachen einer schlechten
Flachsqualität gehört, ist, dass die Leinstengel gewöhnlich zur Röste ausgebreitet werden und, die Witterung
mag sein, welche sie wolle, günstig oder ungünstig,
unbekümmert liegen bleiben. Tritt alsdann ungünstige
Witterung ein, so geschieht es nicht selten, dass die
Rinde des Flachses bald schwarz, fleckig oder fuchsig

von Farbe wird, die Fasern rauh und borstig. Es zeigt sich auf der Oberfläche ein graulichschwarzes Moos, das ein Beweis der Fäulniss ist. Der Flachs wird dadurch brüchig oder todt; eine Eigenschaft, die nur zu sehr dem deutschen Flachse zum Vorwurfe gereicht.

Ebenso kann Fäulniss noch ferner eintreten, wenn das öftere Wenden vernachlässigt wird, wobei der Rasen oder das Unkraut über die ausgebreiteten Leinstengel hervorwächst, wobei ausserdem noch beim Aufziehen ein Zerreissen des Bastes unvermeidlich ist.

Die Wasserröste besteht darin, dass die Leinstengel sogleich nach dem Raufen, Trocknen und Rüffeln in kleine Büschel gebunden, in einen Teich von stillstehendem oder langsam fliessendem Wasser gebracht, reihenweise neben- und übereinander gelegt, zuletzt mit Brettern und darauf gelegten Steinen beschwert werden.

Dabei ist sehr zu beachten, dass die Stengel nicht zu tief in das Wasser kommen (nicht über 4 Fuss tief), da die unteren Schichten kälter als die oberen sind, und das Rösten daher unvollkommen von Statten geht.

Ein anderes Verfahren bei der Wasserröste ist, dass die Stengel in einen von Latten zusammengefügten, 8 bis 12 Fuss langen, 4—8 Fuss breiten und höchstens 4 Fuss tiefen Kasten (Zeichnung 7 und 8) in Gebinden, entweder in horizontale Lage übereinander gelegt, oder aufrecht so aneinander gestellt werden, dass die Samenenden nach oben, die Wurzelenden, die eher röstreif werden, nach unten zu stehen kommen.

So bleiben die Stengel einige Tage (etwa 10—14 Tage) im Wasser liegen, bis die Röste vollendet ist.

Man muss während der Zeit öfters nachsehen, weil je nach der Temperatur die Röste beschleunigt oder verzögert werden kann. Den Zeitpunkt der Röstreife erkennt man an einer gewissen Schlüpfrigkeit der Stengel, wenn solche durch die Finger gerieben werden, sowie auch an tieferem Einsinken derselben im Wasser u. dgl. Es müssen sodann die Stengel herausgenommen und zum Trocknen aufgestellt oder ausgebreitet werden.

Was nun den Unterschied der beiden Röstverfahren, der Thau- und Wasserröste betrifft, so ist wo. immer nur möglich die letztere vorzuziehen. Abgesehen von dem meist nachlässigeren Verfahren in der Thauröste, wie man solches in Deutschland da und dort antrifft, hat die Wasserröste noch den Vortheil eines schnelleren Verfahrens, der Bast wird dauerhafter, und man ist nicht so sehr, wie bei der Thauröste, von Witterungs-einflüssen abhängig.

Anhang.

Die Wasserröste (besonders wenn solche in sillstehen-dem Wasser geschieht) bringt ausser den angeführten noch einen sehr grossen weiteren Vortheil.

Das Wasser nemlich laugt viele Stoffe, die in ihm löslich sind, wie besonders die alkalischen Bestandtheile der Flachsstengel bei ruhigem Einwirken grossentheils aus und behält sie in Lösung.

Wird dieses Wasser wo möglich gesammelt und auf das künftige Flachsland gefahren, so kann solches gewiss eine grosse düngende Wirkung auf die jungen Flachspflänzchen ausüben, um so mehr, da solche zu ihrem Wachsthume so wichtigen Nahrungsstoffe in der Form sich befinden, dass sie im Momente als solche von den Wurzeln aufgenommen werden können.

Ich glaube desshalb auch auf diese ökonomische Ver-wendung des Röstewassers aufmerksam zu machen, denn es ist seiner noch wenig gedacht und berücksichtigt worden. Es bedingt dieser Dünger keine weiteren Auslagen, als höchstens Transportkosten, die aber bei eigenem Ge-spanne weniger in Rechnung zu bringen sind, da man arbeitsfreie Zeit dazu verwenden kann.

Das Trocknen oder Kapellen des Flachses.

Es hätte dieser Behandlungsart des Flachses schon früher Erwähnung geschehen sollen und zwar nach dem Raufen desselben; da aber auch nach der Röste das-selbe Verfahren theilweise wiederkehrt, so möge solches hier seine Stelle finden:

a) Das Trocknen oder Kapellen des Flachses nach dem Raufen.

Wird der Flachs nicht ganz grün gerauft, so dass neben dem Baste auch noch brauchbarer Samen gewon-nen werden soll, so wird derselbe (wie dies gewöhnlich in Westflandern und im Hennegau der Fall ist) nach dem Raufen sogleich in Büschel gebunden und aufgestellt. Solches Aufstellen (Setzen in „kleine Kapellen") ge-schieht meistens dachförmig, so dass die Samenköpfe in einander greifen, der Luft ziemlichen Durchgang gestat-ten, vom Winde aber nicht umgeworfen werden (Zeich-nung 3).

Nachdem die Flachsbüschel einige Zeit gestanden, so werden sie, da gewöhnlich das Erntegeschäft dazwischen tritt, die Stengel auch noch nicht ganz trocken sind, in grössere Räume gebracht. Dieses Verfahren heisst das Setzen in „grosse Kapellen" (Zeichnung 5 und 6). Die erstere ist die Methode des Westflanderers, die 2te die des Hennegauers oder Wallonen.

Nach 2—3 Wochen, wenn das Erntegeschäft vorüber und der Flachs vollständig getrocknet ist, werden die Samenköpfe abgeklopft und die Stengel sofort zur Röste gebracht.

3

b) **Trocknen oder Kapellen des Flachses nach der Röste.**

Unterliegt der Flachs der **Wasserröste**, so muss. er, sobald er aus dem Wasser kommt, weil er sehr brüchig und desshalb sehr schonend zu behandeln ist, in Bunden (mehrere zusammen) einige Stunden aufrecht gestellt werden, damit das Wasser vollständig ablaufen kann und die Stengel wieder Festigkeit erlangen.

Alsdann werden sie auf einem trockenen Platze oder Rasen kegelförmig (die Samenenden in einander greifend, die Wurzelenden ausgebreitet im Kreise herumstehend) in kleine Hütten zum völligen Abtrocknen aufgestellt Dieses heisst das Aufstellen in „kleine Kapellen" (Zeichnung 4).

Das Bleichen des Flachses.

Ist der Flachs nach einiger Zeit des Kapellens vollständig trocken, so wird er, (da man selten den richtigen Zeitpunkt der Röstreife trifft und ein zu langes Rösten nachtheilig auf die Qualität des Bastes wirkt), um noch nachrösten zu können und eine schönere hellere Farbe zu erhalten, auf ein Gras- oder Kleestück dünne ausgebreitet. Dieses Verfahren heisst das Bleichen.

Ist während der Zeit der Bleiche das Wetter regnerisch, so lässt der Belgier sich nicht der Mühe reuen, seinen Flachs lieber in trockene Räume zu bringen und auf bessere Witterung, gewöhnlich bis folgendes Frühjahr zur Märzbleiche aufzubewahren.

Es möge dieses hauptsächlich bei den feinern, werthvolleren Flachsarten geschehen; denn je länger die Bleiche verschoben wird, desto nützlicher und vortheilhafter ist es für den Flachs.

Während der Bleiche soll der Flachs öfters gewendet werden, bei ungünstigem Wetter täglich, bei gutem aber alle 3—4 Tage. Zur Beschleunigung der Arbeit bedient man sich dabei kleiner Stangen oder Stecken, fährt dem Flachs unter die Samenende und dreht um.

Die Bleiche ist je nach der Witterung früher oder später geschehen. Ist dieselbe günstig, in 8—10 Tagen, im andern Falle aber erst nach 20—30 Tagen.

Das Dörren.

Auf das Bleichen folgt das Dörren. Dieses geschieht unmittelbar vor dem Brechen und ist die eigentliche Zubereitung dazu.

Man unterscheidet im Allgemeinen zwei Arten des Dörrens:

a) Das Dörren an der Sonne, oder das natürliche, und

b) Das Heiz- oder künstliche Dörren; dahin gehört die Malzdörre, das Dörren in Gruben, ferner das Dörren in Stuben (sog. Dörrstuben), besonders da, wo sich Brechhäuser befinden, und endlich das Dörren in Oefen.

Unter allen diesen Arten gebührt dem natürlichen Dörren an der Sonne der Vorzug, weil es das sicherste (vor Feuersgefahr schützende), wohlfeilste und daher vortheilhafteste Verfahren ist.

Dem Dörren unmittelbar folgt

Das Brechen.

Dieses ist die Vorbereitung zum Schwingen oder gänzlichen Reinigen des Bastes von Holztheilchen u. dgl.

Das Brechverfahren, wie es in Deutschland vorkommt, weicht sehr von dem holländischen und belgischen ab. Die Handbrechen, wie sie der Deutsche hat, leisten das nicht, was die holländische sogen. Schlegelbreche

3*

(Zeichnung 17), oder was gar der belgische Potthammer
(Zeichnung 9) zu leisten vermag. Denkt man sich zu
den schlechten Brechwerkzeugen in Deutschland noch
eine gewisse Ungeschicklichkeit oder Unachtsamkeit des
Arbeiters, so wird der Schaden, den die Haltbarkeit
und Länge der Flachsfasern dadurch erleiden, gewiss
gross sein.

Solche Handbrechen, wie wir sie haben, sind somit
zu guter Flachsbereitung ganz unbrauchbar. Dr. v. Pabst
sagt daher in seiner Anleitung zur Flachskultur pag. 37
und 38 ganz richtig: „Wollen oder müssen wir eine
„Handbreche gebrauchen, so muss es eine bessere sein,
„als unsere gewöhnliche, — die ins Feuer, aber nicht
„unter die Geräthschaften einer zweckmässigen Flachs-
„bereitung gehört."

Das Potten oder Pläuen.

Zweckmässiger und schonender als das Brechen ist
das Schlagen mit dem Potthammer, das sog. Potten oder Pläuen.

Der Potthammer (Zeichnung 9) ist mit einer
Britsche zu vergleichen, d. h. mit demjenigen Werkzeuge, das zur Festschlagung von Scheuertennen ge-
braucht wird, und ist auch ganz so beschaffen; nur mit
dem Unterschiede, dass die untere Britschfläche nicht
glatt, sondern mit Zähnereihen, von 8—10''' tief ein-
geschnitten, versehen ist. Damit wird auf die einzelnen
Flachsbündel geschlagen, dass die Holztheile zerbrechen
und sich nach und nach von dem Baste lösen.

Es ist das Potten dem Brechen vorzuziehen, weil die
Arbeit schneller, die Kosten auch geringer sind. *)

---

*) Vergleich zwischen Brechen und Potten findet sich angege-
ben in „den landwirthschaftlichen Erfahrungen von Hohenheim"
von Dr. v. Pabst, Stuttgart und Tübingen 1849, Seite 159 ff.

Eine weitere Methode ist die: Man bringt den ge-
dörrten Flachs auf eine Mühle (Reib-, Poch- óder Pläu-
mühle), wo er auf die sog. Pochtenne, eine ziemlich
grosse kreisförmige Ebene, von etwa 8 — 12 Fuss Durchmesser, gelegt wird, von einem schnell darüber hingleitenden konischen Steine, dessen Basis nach Aussen ge-
richtet, zerrieben und so dem eigentlichen Brechen vor-
gearbeitet wird. Dieser Stein ist an dem Arme eines im
Mittelpunkt der kreisförmigen Pochtenne senkrecht ein-
gefügten Balkens eingelassen, der nach seiner oberen Seite
mit einem Kammrädersystem in Verbindung steht. Dieses
System geht von der Welle eines Wasserrades aus, durch
dessen Umläufe die Bewegung des Ganzen bedingt wird.

Endlich wäre noch ein weiteres Verfahren, den Flachs
auf ähnliche Weise von Holztheilchen zu reinigen möglich. Ein Verfahren welches das Potten auf mecha-
nischem Wege genannt werden könnte. Es könnte
nemlich der Flachs wie bei der vorhergehenden Methode
auf eine Pochtenne gebracht, aber anstatt eines darüber
hingleitenden Steines das Zerbrechen der Holztheilen
durch mechanisch gehobene Balken (Schlagbalken) geschehen,*) die auf ihrer untern Fläche nach Art des
Potthammers gekerbt sind.

Das Schwingen.

Dem Brechen auf die angegebenen Methoden folgt das
vollständige Reinigen des Flachses, oder das Schwingen. Dieses Verfahren, entspricht ganz dem sogenannten Putzen, wie man solches sehr häufig bei uns antrifft,
nachdem die Gespinnstfasern aus der Reibmühle gekom-

---

*) Ähnlich wie in einer Oelpresse.

men. Bei dem Schwingen sind zweierlei Werkzeuge zu unterscheiden:

a) Das Schwingholz oder Schwingmesser und
b) der Schwingstock.

Das Schwingholz (Zeichnung 10—15) besteht aus einem, einige Zoll breiten und mehrere Zoll langem, mit einer Schneide zum Abschäben versehenen Theile (das deutsche Schwingholz); oder auch nebst diesem, noch aus einer 2—4 Zoll breiten, $1\frac{1}{2}$—2 Fuss langen geraden oder sichelförmig gebogenen Schiene, welche den Schwung giebt (das belgiche Schwingholz); und endlich aus dem Hefte, oder der Handhabe.

Das Schwingholz kann auch die Form eines Beiles haben, (Schwingbeil Zeichnung 15) mit stumpfer Schneide, und einem Flügel (das niederländische), welches von Vielen für das beste gehalten wird.

Der Schwingstock (Zeichnung 16) besteht aus einem $3\frac{1}{2}$—4 Fuss hohen, einige Zoll bis 1 Fuss breitem Brette, das in der Höhe von etwa 3 Fuss einen handbreiten Einschnitt hat, (mit stumpfen Kanten) in welchen der Flachs eingelegt, mit der einen Hand gehalten und gewendet, mit der andern mittelst des Schwingholzes ausgearbeitet wird. Auf dem Fusse, einem eichenen Bohlen, auf dem der Schwingstock eingefügt und befestigt ist, sind zwei elastische Federn angebracht, welche $1\frac{1}{3}$ Fuss hoch, zu beiden Seiten des Schwingstockes stehen. Die obern Enden derselben sind durch einen stark angezogenen Riemen verbunden, auf dem das Schwingholz beim Herabschlagen auffährt und durch einen elastischen Gegendruck wieder gehoben wird.

Das mechanische Schwingen oder das Schwingen auf der Schwingmühle.

Anstatt des gewöhnlichen Schwingens auf dem Schwing-stocke, bedient man sich auch einer mechanischen Vor-richtung, der sogenannten Schwingmühle. Diese be-steht aus sechs zu Schwinghölzern geschärften Flügeln, welche durch eine Kurbel gedreht werden. Diese Kurbel ist an einer Walze angebracht in welcher die Schwing-flügel eingefügt sind, und ist zu vergleichen mit den Flügeln im Windsacke einer gewöhnlichen Wind- oder Putzmühle, nur mit dem Unterchiede, dass jene der Länge nach, diese dagegen der Breite nach eingefügt sind.

Das Schaben oder Bürsten des Flachses.

Auf das Schwingen folgt das Schaben mit dem Schabmesser, oder das Bürsten mit einer weit gestellten, steifhaarigen Bürste, um die etwa noch an-hängenden Aggeln zu entfernen.

Die letzte Arbeit endlich, durch welche der Flachs als Verkaufswaare oder zum Verspinnen geeignet gemacht wird, ist:

Das Hecheln.

Durch das Hecheln wird der Flachs in feine gleich-laufende Fasern und in Werg oder Hede getheilt. Dazu eignen sich besonders die englischen Stahlhecheln.

Die Beschaffenheit der Hecheln ist so allgemein be-kannt, dass ich gänzlich auf die nähere Beschreibung derselben verzichten kann.

Ertrag.

Der Ertrag an Flachs per Morgen ist sehr verschie-den, und hängt ab von der Pflege die ihm während seiner Vegetationsperiode zu Theil geworden, von den Witterungseinflüssen, als auch davon, ob er des Bastes wegen oder zugleich auch des Samens wegen gebaut wurde u. s. w.

Auf den preuss. Morgen, gewinnt man an Rohflachs 5—10—20 Cent., nach dem Schwingen bis 5 Cent. mit Einschluss von 1 bis 1½ Cent. Werg; gehechelten Flachse 1—1½—2 Cent. und ½ Cent. Werg.

An Samen gewinnt man auf den preuss. Morgen 3—6 Scheffel. Wird der Flachs jedoch des Gespinnstes wegen gezogen, so ist der Ertrag ungleich geringer.

Der Samen gibt, zu technischen Zwecken verwendet ein sehr brauchbares Oel. Es kommt unter dem Namen Leinöl in den Handel und ist, zu Oelfarbe verwendet seiner schnell trocknenden Eigenschaft wegen sehr gesucht.

Auch findet es in der Thierheilkunde manche sehr nützliche Verwendung.

Krankheiten des Flachses.

Von Krankheiten ist der Flachs ziemlich verschont. Dagegen von manchen Insekten besonders von dem Erdfloh (*nitidula aenea*) hat er manchmal viel zu leiden, da solcher nicht minder wie der jungen Repspflanze durch Abfressen der Blätter gefährlich wird. Daher man diesem Uebel dadurch abhelfen kann, dass man bei der Saat geschnittenen Knoblauch unter den Samen mengt.

Am besten und sichersten lässt sich auch hier wie beim Reps die von Herrn Wirthschaftsinspektor Hintz in Hohenheim erfundene Flohfangmaschiene*) anwenden.

---

*) Im Hohenheimer Wochenblatt Jahrgang 1839. Nr. 14. ferner: Landwirthschaftliche Frfahrungen von Hohenheim, von Dr. v. Pabst. Stuttgart und Tübingen. 1849. Seite 52. Anm.

Von Unkräutern wird der Flachs sehr gerne heimge
sucht. Solche sind:

1) Die Flachsseide *Cuscuta*, davon besonders
C. Epilinum. (Weihe) die Leinseide oder Leinflachs-
seide. Diese Schmarozerpflanze überzieht den Flachsssten-
gel ganz und gar, umklebt ihn, und entzieht im so alle
Nahrung.

2) Der Loloh, *Lolium*, davon besonders *L. Lini-
cola*, Flachsliebender L.

8) Der Leindotter, *Camelina*, (*Crants*) *C. sativa*,
oder *Myagrum sativum, L.*; ferner (dieser ähnlich) auch
häufig im Flachse vorkommend ist, *Camelina dentata
Pers.*

4) Die Quecke, *Triticum repens L.*

5) Der Hederich oder Ackerrettig, *Raphanus
Raphanistrum L. Raphanistrum segetum, Tuorn.* Ein
lästiges schwer zu vertilgendes Unkraut.

6) Der Knöterich, *Polygonum*, besonders *P. Per-
sicaria*, gemeiner K. und *P. aviculare* Vogelknötrich.

Da es oft vorkommt dass solche Unkrautpflanzen
mit dem Flachse reifen, und mit ihm geerndtet werden,
so wird es am besten sein, man siebt die abgeklopften
oder gerüffelten Samenköpfe, wobei die gewöhnlich feinern Unkrautsamen durchfallen. Oder auch der Leinsamen wird auf der Leinklapper geklappert.. Es wird
dadurch die mühsame Arbeit des Jätens erleichtert oder
verringert, da der Leinsamen rein auf das Feld kommt.

———

Wenn ich nun damit die Darstellung der Flachskultur
beendige, so kann ich doch nicht zur folgenden übergehen ohne hier noch einem Wunsche Raum zu gestat-
ten, nemlich des so sehr bedrängten Odenwaldes zu
gedenken.

Welch grossen Gewinn könnte vielleicht die Einfüh-
rung und Beförderung der Flachskultur im hessischen und
badischen Odenwalde, den dort so armen Bewohnern
verschaffen, die zwar keinen ganz dazu geeigneten Boden besitzen, wo aber das Fehlende durch Fleiss und
Arbeitsamkeit, durch Düngung, besonders durch Jauche-
und Aschedüngung ersetzt werden könnte, welch letztere so
Vieles leisten würde durch die dort schon längst heimische
Betriebsmethode der Nieder- oder Hackwaldwirthschaft.

Ein Gras- oder Weideland, Waldrodungen, u. s. w.
wie sie allda anzutreffen sind, können gewiss Grosses
zu erwarten versprechen.

Ebenso wie der Buchwaizen und der Staudenroggen
zwischen den verjüngten Schlägen, oder in der Zwischen-
periode eines Turnus freudig aufwächst und gedeiht, eben
so wäre der Flachsbau gewiss lohnend, wenn es nicht
an Fleiss und Arbeitsamkeit gebricht. — Unter dem küh-
lenden Schatten einzelner Waldrechter, sowie dem jungen Dickicht der Wurzelloden und stehenbleibender Wur-
zelstöcke ausschlagsfähiger Holzarten, hätte ja gewiss die
Leinpflanze in ihrer zarten Jugendperiode hinlänglichen
Schutz und Feuchtigkeit zu erwarten.

Es könnte gewiss auch hier, wie schon oft im Leben
geschehen, aus vorher unmöglich Scheinendem doch
Bedeutendes erzielt werden. — Ein Erfahrungssatz, der
sich gerade in der Landwirthschaft schon so vielmal auf
die manchfaltigste Weise bethätigte. —

II. Abtheilung.

Der Hanfbau.

Der Hanf, (Cannabis sativa), auch Hampf, Hamp, Henft oder Hemp, wovon der Ausdruck Hemd herstammt) gehört nach dem künstlichen Systeme von Linné in die Dioecia Pentandria (XXII. Klasse 5te Ordnung) männliche und weibliche Blüthe getrennt, und auf verschiedenen Planzenindividuen; nach dem natürlichen Systeme von Juss. in die IV. Klasse Dicot. apetalae epigynae, (oder auch Dic. epistamineae) zur Familie der Urticieen (Nesselgewächse, nach Kunth); nach de Candolle in die I. Klasse 4te Unterklasse, Monochlamydeae, einfache Blüthenhülle (Perigon) d. h, keine Blummenblätter, oder diese mit dem Kelche verschmolzen.

Männliche Blüthe in blattwinkelständigen Trauben. Kelch 5-blättrig; Staubgefäse 5; einwärtsstehend, am Grund des Kelches befestiget. Staubfäden haarförmig, kurz; Staubbeutel 2-fächerig, der Länge nach aufspringend.

Weibliche Blüthe in blattwinkelständigen, deckblätterigen Trauben, zu zweien aus dem Winkel eines grössern Blüthenblattes. Kelch 0, Narben 2, sitzend, pfriemenförmig verlängert, flockig, abfallend; Frucht einfächerige Schliessfrucht, in die bleibende Scheide eingeschlossen, Samen hängend, Samenhaut grün. Embryo hufeisenförmig gekrümmt, Würzelchen, so wie die dicken Samenlappen (Dicotyletonen) gegen die Spitze der Frucht gewendet, Stengel aufrecht, borstig, 2—5—8—10 ja bis 12 Fuss hoch werdend; Blätter entgegengesetzt, fingermörmig, sägezähnig.

Der Hanf stammt aus Persien und Indien wo er häufig noch wild vorkommt, dagegen in Deutschland angebaut, als Gespinnstpflanze, sehr grosse Bedeutung hat. Dessenungeachtet aber steht seine Kultur noch auf einer ziemlich niederen Stufe der Vollkommenheit, und selbst in den Gegenden, wo solche ziemlich intensiv betrieben wird, inhäriren ihr doch noch so viele Mängel, dass es sehr zu wünschen wäre, auch dieser wichtigen Gespinnstpflanze mehr Aufmerksamkeit und Sorgfalt zuzuwenden, und dies um so mehr, da sie nicht so viel Arbeitsaufwand während ihrer Vegetationsperiode nöthig macht als die Leinpflanze, ferner weil sie ganz besonders noch dazu dient, mehr den eigenen (innern) Consum (an Hausleinen) zu befriedigen, während letztere mehr als Ausfuhrartikel Bedeutung hat,

Die Hanfkultur hängt viel mehr von den klimatischen und Bodenverhältnissen ab, wie die Flachskultur. Daher ihre Verbreitung auch nicht so allgemein. Sie ist hauptsächlich im Süden von Deutschland heimisch und findet sich in Rheinhessen, Rheinbaiern (Zaiskamm) Elsass, ferner in Würtemberg (besonders in den Ebenen und Niederungen), vorzüglich aber im Grossherzogthum Baden ausgedehnt betrieben.

Der nördliche Theil dieses Landes, der Unter- und ein Theil des Mittelrheinkreises, hat ziemlich Hanfbau; aber die schlechtere Pflege, welche er daselbst erhält,

die unwirthschschaftliche und mehr handwerksmäsige Kulturmethode ist die Ursache des so häufigen Missrathens.

Man achtet nicht auf eine fleissige und gute Bodenbearbeitung, nicht auf eine zweckmässige und geeignete
Düngung, am wenigsten auf den öfteren Samenwech-
sel.*)

Der obere Theil des Mittelrheinkreises dagegen,
Achern, Renchen, Appenweier, Kork, Kehl, Rheinbi-
shoffsheim, so wie der Oberrheinkreis bei Herboldsheim,
Kenzingen, Köndringen bis Emmendingen und Freiburg,
ist mit ausgedehnterem Hanfbau beschäftigt.

Der Hanf dieser Gegenden erreicht im geschlossenen
Stande (in der Regel) eine Höhe von 8—10 Fuss; ein-
seln stehend, (besonders der Samenhanf) unter günstigen Umständen eine Höhe von 12—16 Fuss**) Der
Stengel an seiner unteren Seite erreicht eine Dicke von
4—6 Linien bis ein Zoll im Durchmesser, so dass solcher Hanf zum Brechen nicht mehr geeignet ist, sondern,
wie man sich dort ausdrückt, „geschleisst" (geschleizt)
wird, daher auch sein Namen „Schleisshanf". Als solcher kommt er ziemlich in den Handel, und wird zu

---

*) Nicht zu verkennen ist jedoch, dass in neuerer Zeit die
Hanfkultur in einigen Gegenden des Unterrheinkreisses grosse
Fortschritte gemacht, daher auch viel höhere Bedeutung erhält
als füher. Dem unermüdlichen Bestreben, der Unterrheinkreisstelle des grossh. Bad. Landwirthsaftlichen-Vereins ist es gelungen,
den Hanfbau jetzt thätiger und rationeller betreiben zu sehen, wie
früher. Dem Vorstande der dortigen Vereinsstelle Freiherrn
v. Babo von Weinheim, sowie Herrn Gartendirektor Metzger
von Heidelberg gebührt vorzugsweise das Verdienst der intensiveren Kultur. Auf ihr anerkennenswerthes Bemühen, wird jährlich besserer Samen herbeigebracht und an die Landwirthe abge-
geben, so wie weitere Bedingungen eines rationellen Verfahrens
angeben.

**) Metzger giebt sogar in seiner landwirtdschaftlichen Pflan-
zenkunde S. 379. eine Höhe von 15—22 Fuss an.

Drahtgarn (Schusterdraht), zu Packleinwand und Segeltuch benützt, so wie auch zu Schiffstauen, Bindfaden Stricken etc. an die Seiler abgesetzt.

1. Nähere Bedingungen einer intensiven Hanfkultur.

Boden und Klima.

Der Hanf bedarf zu seinem Wachsthume ein viel milderes oder wärmeres Klima als die Leinpflanze, daher er auch auf Ebenen und Niederungen besser geräth als auf Gebirgsland. Gerade dieselben Eigenschaften verlangt er auch vom Boden. Auf Boden mit dunkler Farbe, der die Wärme stärker und besser aufnimmt und festhält, also auf humosem Niederungsboden, der etwas sandiger Natur, mürbe, locker und feuchtigkeithaltend ist, so wie auch auf kalkreichem Lehm- und Mergelboden, gedeiht er ganz vorzüglich.

Desshalb sind auch Waldrodungen, umgepflügte Kleestücke und dergleichen sehr für Hanfbau geeignet.

Bodenbearbeitung.

Ebenso wie bei der Leinpflanze ist auch beim Hanfbau eine richtige Bearbeitung und Zubereitung des Bodens Hauptbedingung des Gedeihens.

Der zu Hanf bestimmte Ackerboden muss 3—4 mal durchgearbeitet werden. Im Spätjahr soll tiefgepflügt, und solches abermals im Früjahr wenigstens 2 mal wiederhohlt werden, damit der Boden gehörig mürbe und locker wird. Tiefe Lockerung ist sehr zu empfehlen. Daher ist die Anwendung des Untergrundspfluges wo möglich ganz zweckmässig. Derselbe soll beim ersten Pflügen hinter dem Pfluge in der Furche nachgehen, und den Untergrund auflockern.

Welch wohlthätigen Einfluss ein gelockerter Boden auf das Gedeihen des Hanfes ausübt, beweist, dass er nach Hackfrüchten gebaut, ein ganz vorzügliches Wachsthum zeigt, denn er trifft gerade nach Hackfrüchten, deren Anbau mehrmalige Bearbeitung nothwendig macht, z. B. Kartoffeln, Dickrüben, Runkeln, Taback etc. einen schon stark durchgearbeiteten Boden an, und es erfüllt sich alsdann das Sprichwort des Landmannes: „der Hanf muss in Lockerland." Im badischen Oberlande kann man das jährlich und allenthalben sehen.

Die Düngung.

Der Hanf hat zum schnellen Wachsthume und guten Gedeihen, nebst einer geeigneten Bodenbearbeitung auch noch eine ziemlich starke Düngung nothwendig. Es ist bei ihm nicht zu befürchten dass man zu stark dünge, ja es ist sogar besser zweimal, anstatt einmal zu düngen, (einmal im Winter das andere Mal im Frühjahr vor der Saat), zumal wenn der Boden vorher ziemlich ausgemagert ist, daher der Ausdruck: „wenn der Acker wieder in Stand kommenn soll, so düngt man ihn und giebt ihm Hanf."

Aber auf die Wahl des Düngers muss man ganz besonders achten; denn er liebt keinen frischen, sondern mehr einen verrotteten oder vergohrenen Dünger. Komdost eignet sich dazu ganz vorzüglich.

Es soll überhaupt solcher Dünger angewendet werden, der sogleich seine Wirkung auf das Wachsthum des Hanfes äussern kann. Hieher gehört auch der Taubenmist, der seines starken Kalkgehaltes wegen sehr günstige Wirkung äussert, ferner Abtritts-Dünger, Pferde- Schafe- und Schweinemist, welche ihrer grossen Hitzigkeit wegen bald in Gährung und Fäulniss übergehen, und dem Hanfe nebst ihrer düngenden Eigenschaft noch durch das Entwickeln eines hohen Wärmegrades sehr förderlich sind.

Nicht minder als diese ist aber auch der Guano
seines grossen Kalk- und Amoniakgehaltes wegen, als
Hanfdünger zu empfehlen, eben so die Jauchedüngung.
(Ueber die Anwendung dieser beiden Düngerstoffe wurde
oben S. 14 gesprochen). Ganz vorzüglich aber hat sich
in neuerer Zeit eine mineralische Düngung für Hanf be-
währt, nemlich die Düngung mit Gyps.

Ganz zuverlässige und günstige Resultate liefert uns,
einer unserer grössten thätigsten und intelligentesten Landwirthe Freiherr v. Babo, von Weinheim.

In dem Rechenschaftsberichte der Unterrheinkreisstelle
des grosshl. bad. landw. Vereins von 1844 sind zwei
Versuche und die Resultate einer Gypsdüngung auf Hanf
- gegeben.

Der eine Versuch geschahe mit einem bereits 2 Jahre
vorher schon gedüngten Acker, der nach Behandlung
mit dem Untergrundspfluge bei der Einsaat mit Gyps
überstreut (4 Malter auf den bad. Morgen), und mit
dem Samen untergebracht wurde. Der Hanf erreichte eine
Höhe von circa 12 Fuss, und gab auf den Morgen be-
rechnet 11—12 Centner gebrochenen Hanf.

Ein anderes Resultat wird im Rechenschaftsberichte
von 1845 gegeben. Es heisst dort: „Wir wandten in
„diesem Jahre auf den Morgen ungedüngten jedoch nicht
„armen Feldes 4 Malter = 12 Ctr. Gyps an, welche zur Hälfte
„früher untergepflügt, zur Hälfte mit dem Samen unterge-
„bracht wurden. Obschon der Acker über die Hälfte
„durch Nässe litt, und die Ernte als verunglückt angese-
„hen werden konnte, erhielten wir doch noch 4 Ctr ge-
„brochenen Hanf."

Diese beiden Versuche wie noch mehre andere, die
während dieser Zeit gemacht wurden, geben die grosse
Nützlichkeit einer Gypsdüngung auf die zuverlässigste
Weise an.

Durch die Gypsdüngung wird es auch möglich da
Hanf zu bauen, wo der Boden seiner natürlichen Beschaffenheit wegen weniger dazu geeignet ist, z. B. auf
den sandigen schweren Bodenarten, vorausgesetzt dass
solche nicht gar humusarm sind.

Der günstige Einfluss des Gypses auf das Wachsthum
des Hanfes erklärt sich, wenn man die chemische Untersuchung der Hanfstengel beachtet, einfach daraus:

Die vorherrschenden Bestandtheile derselben sind Kalk,
Schwefelsäure, Ammoniak u. s. w.

Durch Zersetzung des Gypses bildet sich bei Gegenwart von Ammoniak, welches gewöhnlich an Kohlensäure gebunden vorkömmt, durch doppelte Wahlver-
wandtschaft, kohlensaurer Kalk und schwefelsaures Ammoniak.

Dieser (kohlensaure) Kalk ist in Wasser löslich, als
doppelt kohlensaurer, auch als schwefelsaure
Verbindung (d. h. als Gyps) ist er in Wasser löslich und geht als solcher in die Pflanzen über. Das
kohlensaure Ammoniak bildet sich bei der Verwesung
des vegetabilisch-animalischen Düngers und ist besonders
in reichlichem Maasse in der Jauche vorhanden, daher
die grosse Wirkung der Jauchedüngung auch bei dem
Hanfbau.

Der Kalk kann ferner noch an Humussäure gebunden
vorkommen, und, wenngleich er als solcher schwer löslich in Wasser ist, so wird er es doch um so leichter
bei Gegenwart von kohlensaurem Ammoniak. Man sieht
daher, welche grosse und wichtige Rolle das Ammoniak,
und besonders das kohlensaure sowohl mittelbar auf
die Zersetzung und Aufnahmsfähigmachung anderer Körper im Boden, als auch unmittelbar als Selbst-
Nahrungsbestandtheil der Pflanzen zu spielen vermag.

4

So grosse Wirkung nun der Gyps auf das Wachsthum des Hanfes ausübt, so ist aber doch nicht zu verkennen, dass solcher nicht überall und unbedingt solche erwünschte Vortheile bringen kann. So ist z. B. die Anwendung von Gyps da ohne Erfolg, wo der Boden solchen in hinlänglicher Menge schon besitzt, oder der Boden ohnediess schon kalkreich ist; er bleibt ferner ohne grossen Erfolg, wo der Boden zwar keinen besitzt, aber auch sonst ausgemagert, d. h. an humusartigen Bestandtheilen arm ist. Seine Anwendung als Dünger kann daher nicht absolut empfohlen werden, sondern nur als Nachhilfe zu einem schnelleren und üppigeren Gedeihen. Wenngleich er, gemäss seines Kalkgehaltes, mehr als Reizmittel anzusehen ist, indem er als solcher die vegetabilisch-animalischen Stoffe schneller zersetzt und als Pflanzennahrung vorbereitet, so lässt sich doch nicht verkennen, dass er bei sonst guter Düngerkraft des Bodens in mässiger Quantität angewendet, ganz vortreffliche Dienste leistet, und gerade beim Hanfbaue weniger als solches Reizmittel, denn als wirklicher Nahrungsbestandtheil anzusehen ist.

Mögen daher die angestellten Versuche mit dieser Düngerart doch anderweitige, möglichst zahlreiche Nachahmung finden. Möge man nicht diese kleine Auslage scheuen, sie wird sich gewiss, auch in nicht immer günstigen Fällen, noch reichlich lohnen. Rechnet man das Malter zu 50 kr., also 4 Malter = 3 fl. 20 kr. auf den badischen Morgen, so ist dieses in Rücksicht auf die lohnende Ernte weniger in Rechnung zu bringen.

Die Fruchtfolge.

Der Hanf steht, wie schon erwähnt, sehr gerne nach Hackfrüchten, ferner auch nach Hafer oder Gerste, oder

auch nach sich selbst. Dies gewöhnlich in der Dreifelderwirthschaft, so dass zuerst Winterung (Spelz,
Waizen etc.), dann Sommerung (Gerste, Hafer u. s. w.),
dann Hanf, oder auch Hackfrüchte und dann Hanf, und
so in fortlaufender Ordnung folgt.

Er kann sogar mehrere Male nach einander auf demselben Lande folgen, ohne zu missrathen. Er ist durch
ziemlich tiefes Eindringen seiner Wurzeln in den Boden
sehr geeignet, denselben locker zu machen und locker
zu erhalten, daher das Sprichwort: „Der Hanf macht
sich sein Feld selbst.“

Die Saat.

Wegen der grossen Empfindlichkeit der Hanfpflanze,
besonders in ihrem zarten Jugendalter, gegen rauhe oder
nasskalte Witterungseinflüsse darf die Saat nicht zu frühe
geschehen. Die geeignetste Zeit ist die zweite Hälfte des
Majes, wo man also wenig mehr von Nachtfrösten zu
befürchten hat.

Es ist ferner bei der Saat noch zu unterscheiden die
breitwürfige (oder gewöhnliche) und die Reihensaat. Im Allgemeinen findet sich erstere in Anwendung, aber aus zwei Hauptgründen mag besonders die
zweite (die Reihensaat) vortheilhafter sein.

a) Weil dadurch der atmosphärischen Luft mehr Zutritt zu dem Boden möglich gemacht ist, durch deren
Einwirkung die Auflösung des organischen Düngers, sowie die Verwitterung der mineralischen Bodenbestandtheile befördert, also ein freudigeres Wachsthum hervorgerufen wird; ein Grund, wodurch sich diese Kulturmethode — Drillkultur — im Allgemeinen empfiehlt, und

4*

b) weil zur Zeit der Ernte beim Herausziehen des männlichen Hanfes der noch einige Zeit stehenbleibende weibliche Samenhanf mehr geschont wird.

(Das Nähere über dieses Ernteverfahren weiter unten.)

Zur Saat wendet man gewöhnlich einjährigen Samen an. Solcher wird einzeln gezogen auf dem Felde mit Brachfrüchten, z. B. an Kraut-, Runkelrüben- oder Kartoffeläckern u. dgl.; oder man lässt auf dem Hanfstücke bei der Ernte an beiden Gränzfurchen den stärksten Samenhanf noch einige Zeit zur bessern Reife des Samens stehen.

Ist die Saat geschehen, so bedürfen die Hanfpflanzen keiner weiteren Pflege mehr bis zur Ernte. Es fällt das mühselige Jäten weg, weil die Pflänzchen die Fähigkeit haben, sich gleich nach dem Hervorkeimen aus der Erde dicht zu stellen oder zu schliessen, wodurch dem Emporkommen von Unkräutern ganz und gar gesteuert wird. Sollte übrigens während der ersten Zeit des Wachsthums doch ein Behacken, wie dieses in der Gegend von Kehl geschieht, vorkommen, so hat solches keinen weiteren Zweck, als durch dünneres Stellen der Pflänzchen kräftigere Stengel (also Schleisshanf) zu erzielen. Es ist dieses Behacken mit dem der Wasserrüben etc. zu vergleichen.

Die Ernte.

Die Zeit der Ernte tritt mit Anfang oder Mitte August ein. Es ist sehr häufig bei den Landleuten Sitte, den Laurenzitag (10. August) für den Beginn der Hanfernte zu bezeichnen.

Zu dieser Zeit wird in vielen Gegenden, wo das sogenannte Fimeln gebräuchlich ist, wie im badischen Oberlande, der männliche Hanf (Femel, Fimel, Stieber, auch Hanfbahn genannt) herausgezogen, während der weibliche, der Samenhanf (fälschlich Maskel oder Mastel,) auch Hanfhenne, noch einige Zeit (3—4 Wochen) stehen bleibt.

Jener Femel oder Stieber wird nemlich früher reif als der Samenhanf. Er befruchtet das weibliche Individuum durch Abschütteln seines Samenstaubes, und wenn dieser Akt vollendet, stirbt er ab. Das Absterben erkennt man leicht am Gelbwerden u. dgl.

Während der Zeit der Ernte sieht man daher in solchen Gegenden die Leute in den Hanfstücken herumschlupfen und diesen männlichen Hanf ausziehen. Er wird alsdann sogleich in Büschel gebunden und auf die Röste gefahren.

In Gegenden, wo jenes Fimeln nicht gebräuchlich ist, wird aller Hanf ungefähr zu derselben Zeit herausgezogen, in Büschel gebunden und auf die Röste gebracht. Hierbei ist zu bemerken, dass dieses Herausziehen des Hanfes nicht überall gebräuchlich ist, sondern an manchen Orten wird er gleich dem Getreide mit der Sichel oder einer scharfen Hippe geschnitten. Dieses Verfahren ist nicht übel, da es etwas schneller geht, und die ohnedies schlechteren bastgebenden Wurzelende später doch abgeschnitten werden sollen.

Bei dem Ausziehen des Hanfes mit der Wurzel (Raufen) nimmt der Arbeiter eine kleine Handvoll, klopft die an den Wurzelenden noch anhängende Erde an einem Fusse, den er etwas vorwärts hält, ab, und breitet (was übrigens auch beim Schneiden geschieht) den Hanf nach Art. des Getreides in sog. Sammete aus, oder er wird in kleine Haufen zu Gebinden zusammengelegt und nach dem Raufen oder Abschneiden sogleich aufgebunden und auf die Röste gebracht.

Das Rösten.

Das Röstverfahren ist ganz dasselbe wie bei dem Flachse. Es kommt ebenfalls die Thau- und Wasserröste in Anwendung. Der Fimel unterliegt gewöhnlich der Wasserröste (die Zeitdauer der Röste ebenfalls 10—14 Tage). Da dieser auch einen viel feinern Bast hat als der Samenhanf, so wird er desshalb auch vorzugsweise zu Spinnhanf benützt.

Es ist bei der Hanfröste ebenso wie bei der Flachs-röste das an manchen Gegenden herrschende gleichgül-tige oder nachlässige Verfahren zu beklagen, denn wo die Thau- oder Landröste gebräuchlich, kommt er ohne Rücksicht auf die Witterung auf ein trockenes oder mit Rasen bewachsenes, oder auch auf ein Heide- oder Stoppelfeld, bleibt dort unbekümmert eine gewisse Zeit liegen, bis die obere Seite grau wird, alsdann wendet man ihn, damit auch die untere Seite diese graue Röst-farbe erhalte.

Tritt während der Zeit schlechte Witterung ein, so lässt der nachlässige Landmann seinen Hauf liegen und wartet auf günstigeres Wetter, denkt nicht daran, dass indessen sein Bast an den erwünschten Eigenschaften einbüsst; denkt nicht daran, dass er seinem Hanfe wäh-rend dieser schlechten Witterung zu Hause oder sonst irgendwo einen trockenen Raum bereiten könnte und sollte. Es ist solche Nachlässigkeit noch mehr zu tadeln, wenn während der Röstreife solch schlechte Witterung eintritt und der Landmann sich dennoch nicht um seinen Hanf bekümmert.

Unterliegt solcher schlecht oder mürbe gewordene Hanf weiterer Bearbeitung, fällt er zu stark unter die Breche, oder geht er beim Hecheln zu sehr ins Werg, und zieht beim Spinnen in kurze mürbe Fasern aus, so

heisst es: „Der Hanf ist heuer (dieses Jahr)
schlecht gerathen."

Das Brechen.

Hat der Hanf nun seine Röstezeit durchgemacht, so
wird er, kommt er von der Wasserröste, zum Trocknen
ausgebreitet oder aufgestellt. Bleichen nach der Röste
ist beim Hanf weniger der Fall als beim Flachse, obgleich ihm solches gar nichts schaden könnte; er würde
ebenfalls einen höhern Grad von Weisse erhalten. Aber
es könnte desshalb entbehrlich sein, weil der Hanfbast
nicht zu so delikaten Zwecken in Anwendung kommt,
als der Flachs, die Röstfarbe daher zu seiner weiteren
Verarbeitung vollständig genügt.

Von der Thauröste wird er mit dem Rechen aufge-
zogen, in Büschel gebunden (wie Getreidegarben) und
an den Ort geführt, wo er zur Breche kommt; damit er
aber zum Brechen vollständig geeignet wird, muss er
gehörig dürr sein.

Daher werden zum Brechen entweder sehr warme
Tage gewählt, an denen er durch die Einwirkung der
Sonnenwärme schon die erforderliche Dörre erhält, oder
er wird über Feuer gedörrt, auf Gruben, sogenannten
Brechlöchern, die ungefähr 8—10 Fuss tief sind, der
untere Raum (Feuerraum) eng und nach oben sich er-
weitert. Quer über die Gruben werden Stangen gelegt,
darauf der Hanf ausgebreitet.

Dieses Dörrgeschäft ist aber einer aufmerksamen und
geübten Person zu überlassen, weil sonst, z. B. durch
überstarke Feuerung, der aufliegende Hanf leicht ein
Raub der Flammen werden könnte.

Die Brechwerkzeuge (Brechen) sind verschieden beschaffen. Gewöhnlich kommen zwei Arten solcher Brechen

in Anwendung. Die erstere Art (Klotzbreche in der Pfalz, Zeichnung 18) ist ziemlich schwer und dient dazu, die rohen Hanfstengel zu zerbrechen, oder den Hanf in Aggeln zu legen. Das Geschäft erfordert eine ziemliche Anstrengung, daher auch nur den männlichen, kräftigeren Armen übertragen.

Aus diesem gebrochenen Zustande, kommt er in die weitere Behandlung der zweiten Brechart, (der Weichbreche Zeichnung 19) zum weitern Reinigen, ein Geschäft das die weiblichen Personen zu verrichten pflegen.

Ist der Hanf, so weit es die Brechapparaten vermögen, von den Holztheilchen befreit, so wird er handvollweise (in Kloben oder Stein) zusammen gebunden, und nach Hause gefahren.

Weil aber gewöhnlich dem Baste noch Aggeln anhängen, derselbe also noch nicht ganz gereinigt ist, so wird er sofort auf die Hanfreibe gebracht, wo die Aggeln zwar nicht ganz vom Baste getrennt, sondern nur losgelegt werden. Das vollständige Reinigen geschieht erst zu Hause, nachher durch das sogenannte Putzen mit der Weichbreche, oder, wo das Schwingen üblich, durch dieses Verfahren wie beim Flachse. Die Arbeit ist ganz dieselbe wie beim Flachsschwingen gezeigt wurde.

Derjenige Hanf nun, welcher den verschiedenen Operationen unterlegen, kommt sofort zum endlichen Fähigwerden für das Spinnen in die Hechel. Es erfolgt hierdurch die Trennung der feinern Theile von den gröbern, die kürzern von den längern, oder die Zerlegung in Hanf und Werg.

Das Schleissen.

Obgleich jenes Brechverfahren ziemlich allgemeine Anwendung findet, so kann solches doch nicht bei jedem Hanfe geschehen.

Es ist schon oben angegeben, dass der Hanf in manchen Gegenden, schon dadurch, dass er in der ersten Zeit seines Wachsthums, behackt wird, einen kräftigern Stengel erhält. Solcher Hanf, so wie meistens der sogenannte italienische oder piemontesiche, kann um seiner gröseren Stärke im Holzkörper wegen nicht mehr unter der Breche verarbeitet werden, sondern er unterliegt einer andern Behandlung, welche man das „Schleissen oder Schleizen" nennt.

Dieses Schleissen kommt nicht allein bei dem Fimel vor, sondern es ist unbedingt nothwendig bei dem Samenhanf, da wo die Fimelmethode eingeführt ist. Weil nemlich dieser Samenhanf nach dem Fimeln noch einige Zeit stehen bleibt, sonimmt er durch seine leichtere Stellung noch ziemlich an Stärke des Stengels zu.

Endlich wird 3—4 Wochen nach dem Fimeln auch der Samenhanf, wenn der Same vollständig ausgereift, herausgezogen, ähnlich wie der Flachs in Kapellen dachförmig an eine Stange, oder auch in kleine Häuschen (Hüttchen) nach Art der Hopfenstangen nach der Hopfenerndte, kegelförmig, die Samenköpfe zusammen, noch einige Zeit zum Trocknen aufgestellt. Damit aber die Vögel nicht zu sehr über den Samen herfallen, muss derselbe mit Stroh (Strohhauben) zugedeckt werden. Nach wenigen Tagen, wird der Samen ausgedroschen oder ausgeklopft. Dieses geschieht entweder bei günstiger Witterung an Ort und Stelle, indem man den Hanf auf ein ausgebreitetes Tuch legt und mit Dreschflegel oder

noch zu häufig auf dem Lande anzutreffen ist, der steife
Aberglaube, alle landwirthtchaflichen Verrichtungen müssen nach gewissen Kalendertagen oder nach dem und
dem Heiligen geschehen und dergleichen, es möge der
mechanische oder instinktmässige Trieb, „wie der Gross-
vater es gemacht, so macht es der Vater, und wie der
Vater sein Feld bestellt, so thue auch ich es", doch bald
hierin auf hören. Es möge das stete Bemühen unserer
landwirthschaftlichen-Vereine und ihrer Beispiele, doch
allgemeine Anerkennung und Nachahmung finden. Es ist
die Hanfkultur ein schon lange wichtiger Zweig des
landwirthschaftichen Gewerbes, zumal noch wichtiger
für einzelne Gegend, wie dies besonders für unser liebes
Baden. Wenn ich an ein altes Sprichwort erinnere welches spricht:

> Mit Hanf werden
> Schiffe gelenkt,
> Glocken geschwenkt,
> Bettstatten verschränkt und
> Schelme gehenkt.

so will dies nichts anderes ausdrücken, als dass die
Hanfkultur zu den nothwentigsten Bedürfnissen des Menschen, so wie des Staates Wohlfahrt gehört.

Allgemeine Bemerkungen

*über die jetzigen Zustände unsrer deutschen Flachs-
und Hanfkultur.*

Wenn man die Nachfrage nach Leinen in Deutschland mit der Produktion des Rohstoffes in Vergleich
zieht, so ergibt sich ein Missverhältniss, welches jene
bedeutend im Uebergewichte bezeichnet. Ein solches

Missverhältniss aber stellte sich noch deutlicher heraus, seitdem man angefangen, die weitere technische Bearbeitung der Leinenrohstoffe nicht mehr durch die Hand des Menschen unmittelbar zu verrichten, sondern solche Arbeiten mechanischen Vorrichtungen zuwiess.

Seit dem Ende des vorigen Jahrhunderts versteht man nun Wolle und Baumwolle auf Maschinen zu spinnen; und der menschliche Erfindungsgeist löste auch im Anfange dieses Jahrhunderts die Aufgabe, eben so wie jene Stoffe auch die Leinenrohstoffe zu verspinnen.

Es sind die Spinnmaschinen, die in unseren Tagen so Erstaunliches leisten können, die vor der menschlichen Hand nicht nur den grossen Vortheil der schnelleren Arbeit, sondern auch in derselben Zeit ein ungleich besseres und billigeres Produkt liefern; die nächste Folge musste daher sein, ein Zurückdrängen der menschlichen Hand.

Da aber die Arbeit der Maschine schneller, das Produktsquantum in derselben Zeit und mit demselben Kostenaufwande grösser ist, so musste eine weitere Folge der Maschinenthätigkeit sein, eine grössere Nachfrage nach Leinenrohstoff, wenn die Maschine in ununterbrochenem Gange soll erhalten werden. Es zeigte sich aber, dass diese Nachfrage auf heimischem Boden nicht befriedigt werden konnte; die landwirthschaftliche Produktion lieferte nicht soviel, als jener genügte. Zudem war das inlandserzeugte Rohmaterial zu schlecht, um es auf der Maschine verarbeiten zu können. Es musste sich daher die Nachfrage an das Ausland richten. Belgien und Holland waren es, die vorzugsweise die deutschen Maschinen-Spinnereien mit Flachs besorgten, während Russland die Zufuhr von Hanf übernahm. Dadurch kam

die landwirthschaftliche Kultur in Deutschland noch mehr
zurück, so dass jetzt noch eine bedeutende Einfuhr von
Aussen Statt finden muss.

Wenn ich zur Begründung dieser Behauptungen mich
auf statistiche Angaben beziehen darf, so sind es vorzugsweise die offiziellen Angaben von Dieterici: *)

Einfuhr an Flachs, Werg, Hanf und Heede.

1) Zeitraum von 1831—36. S, 96.

Mehreinfuhr.

1832	—	96072 Zentner.
1833	—	32664 „
1834	—	41812 „
1835	—	41559 „
1836	—	Mehrausfuhr.

2) Zeitraum von 1837—39.

I. Fortsetzung 1842, S. 46 und 244.

Mehreinfuhr.

1837	—	61169 Zentner.
1838	—	37462 „
1839	—	72655 „

3) Zeitraum von 1840—42.

II. Fortsetzung 1844. S. 90 und 352.

Mehreinfuhr.

1840	—	72348 Zentner.
1841	—	126239 „
1842	—	94995 „

*) Dr. C. F. W. Dieterici: Statistische Uebersicht der wichtig-
sten Gegenstände des Verkehrs im preussischen und deutschen
Zollverein. 4 Bde. Berlin, Posen und Bromberg 1838, 1842, 1844
und 1848.

4) Zeitraum von 1843—45.

III. Forsetzung 1848, S. 162, 395 und 396.

Mehreinfuhr.

1843 — 25898 Zentner.
1844 — 39800 „
1845 — 93967 „

Dabei ist der Eingangszoll ⅙ Thl.=5 sgr. Ausgang frei.

Wenn man nun fragt: ob denn diese Einfuhr nicht durch Erweiterung der eigenen innern Produktion könnte entbehrlich gemacht werden; so könnte man allerdings mit „ja" antworten; allein wagt man einen Blick tiefer in die Verhältnisse, so muss man vorher, andere Bedingungen erfüllen und andern Wünschen Raum gestatten. Solche Bedingungen und Wünsche sind vor Allem; Hebung und Beförderung der Manufakturindustrie, Entfernung oder Unschädlichmachung der auswärtigen besonders der englischen Conkurenz. Gleich wie ohne Blüthe der Manufakturindustrie eines Landes im Allgemeinen der Ackerbau nicht prosperiren kann, eben so wenig kann es auch, die landwirthschaftliche Produktion in ihren einzelnen Zweigen.

Ein Zurückgehen der Manufakturindustrie hat zur nächsten Folge, ein Herüberströmen arbeitslosgewordener Hände, auf das Gebiet der landwirthschaftlichen Produktion, um allhier Heil und Existenz zu finden. Dieses Herüberströmen bewirkt eine erweiterte Produktion landwirthschaflicher Rohstoffe, und zwar über das Bedürfniss der Nachfrage. Daher das Sinken der Preise landwirthschaftlicher Produkte in weiterer Folge.

Verschuldung und Verarmung, Auswanderung ist dann, die letzte Hoffnung einer besseren Existenz.

Solch tiefe Verhältnisse treten stufenweise ein, in unserm deutschen Vaterlande, aber in keiner Weise empfinlicher als in unserer Leinenindustrie.

Mit ihrem Verfall ging die landwirthschaftliche Produktion der Rohstoffe zurück, die damit Beschäftigten sind verarmt, und ein Beweis solcher Verarmung ist der in jenen Gegenden ausgedehnte Kartoffelbau. Alle Mühe und Arbeit einer besseren Produktion des Leinenrohstoffs ist vergebends, wenn nicht von staatlicher Seite Schritte geschehen, welche die Hinternisse einer solchen zu entfernen im Stande sind.*)

---

*) Weil die nähere Beleuchtung dieser Verhältnisse den eigentlichen Zweck der Aufgabe überschritten hätte, so werde ich solche in einer demnächst erscheinenden Arbeit: „die deutsche Linnenindustrie und die Ursachen ihres Verfalles" näher besprechen.

Druckfehler.

Seite 1 Zeile 2 von oben Systeme statt System.

„ „ 4 „ „ „ „ „ „

„ 4 „ 1 „ „ klimatische „ klimatisches.

„ 8 zur Note *) und S. 362 st. 262.

„ 9 Zeile 9 von oben Absorption statt Absorbation

„ 14 „ 14 „ „ Nahrung statt Nahrnng.

„ „ „ 17 „ „ geräth statt gerädt.

„ 15 „ 10 „ „ ungenützt statt ungenüstt.

„ 17 „ 4 „ „ Einsaugung statt Einsauchung.

„ „ „ 6 „ „ Wurzelsecretion statt Wurzelsekrekation.

„ „ „ 24 „ u. kohlensaure statt kohlensauren.

„ 19 „ 1 „ „ schon statt scbon.

„ 37 „ 9 v. o. Urticeen statt Urticieen.

„ „ „ 11 „ „ Blumen statt Blummen.

„ „ „ 15 „ „ Grunde statt Grund.

„ 38 „ 7 „ „ fingerförmig statt fingermörmig.

„ 39 „ 3 v. u. Note angegeben statt angeben

„ 41 „ 10 „ „ Kompost statt Komdost.

„ 43 „ 4 v. o. sandigen und schweren statt
schweren sandigen.

„ 53 „ 5 „ „ Morgen statt Mosgen.

„ „ „ 17 „ „ (Orobanche, vorzugsweise
Orobanche racemosa.) statt
(Orobanche) vorzugsweise (Oroban-
che racemosa.)

„ 58 „ 1 „ „ traurige statt tiefe.

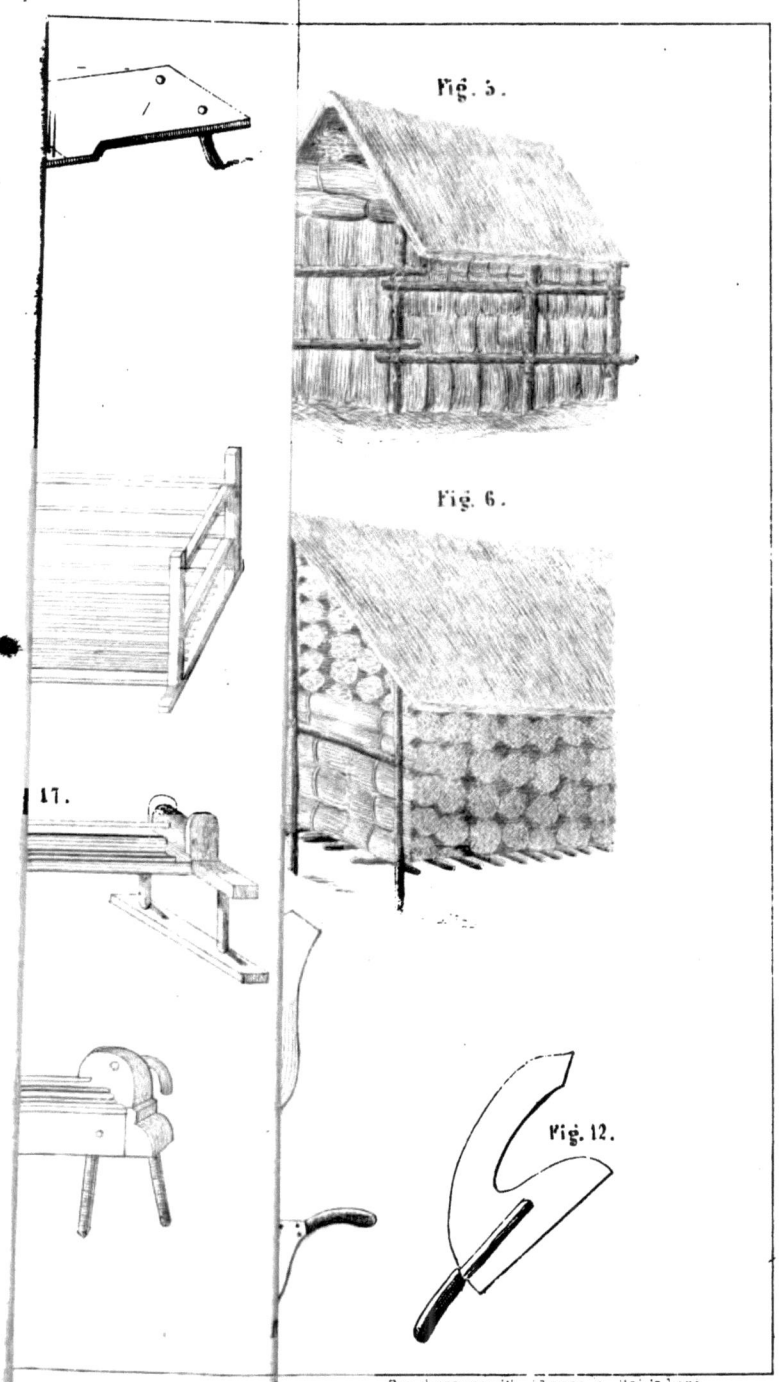

Fig. 5.

Fig. 6.

17.

Fig. 12.

Druckerei von W. Gronau in Holzenberg